여전히

관계가
어려운
당신을 위한

심리 에세이。

남 인 숙 의

어｜른
수｜업

적지 않은 시간 책을 쓰는 작가로 사는 동안 제게 닿고 싶어 하는 독자분들의 수많은 바람을 전해 들었습니다. 그러나 그 무렵 저처럼 혼자 글만 쓰는 작가에게 질문을 건네는 방법은 출판사에 전화해 이메일 주소를 묻는 것 정도였습니다. 그렇게 번거로운 과정을 거쳐 고민을 털어놓은 독자들에게만 겨우 답을 해 오다가, 어느 날부터인가 조금 용기가 생겼습니다. 그래서 어른성장학교라는 온라인 카페를 만들고 거기에 고민상담 게시판을 열었습니다. 그렇게 해서 그곳에 올라오는 고민들에 유튜브 영상으로 응답해 온 지 4년이 되었습니다.

처음에는 연애, 진로 문제가 주된 주제였지만 점차 사람들이 진짜 고민하는 문제는 따로 있다는 걸 알게 되었습니다. 바로 관계 해법이었습니다.

생각해 보니 이건 새삼스러운 일이 아닙니다. 연애와 직업 문제는 각각 독립된 것이지만 관계 문제는 곧 인생 전체에 대한 문제니까요.

이 책은 어른이 되고도 한참 후에 조금씩 깨달아 온 관계의 해법들을 담고 있습니다. 책 안에서는 사연을 보내 주신 분들에게 과외 교사처럼 방법을 안내하는 모양새이지만 실은 질문 속에 제 모습도 있습니다.

어른이 되어서도 배워야 할 것은 끝이 없고 그 과정 자체가 삶을 더 나아지게 하더군요. 마치 성장기가 끝난 사람에게도 성장 호르몬이 나오고 그것이 건강과 생기의 원천이 되는 것처럼요.

삶의 어느 시기에 시작해도 배우고 나아지는 일은 얼마든지 가능합니다. 어려운 세상에서 그 무엇보다 어려운 사람과 관계에 대한 일도 그렇습니다. 상처와 후회 위에 새살을 내고 점점 성숙해지는 마음으로 사는 것은 아주 괜찮은 일입니다.

이 책의 사소함이 독자님의 마음에 스미고 굳어져 단단한 위로를 드릴 수 있기를 바랍니다.

2023. 11월 남인숙

프롤로그

1부 - 외로움

2부 - 나만의 진심

#7

CONTENTS

3부 - 나를 지키기

사람이 인간관계 때문에

이토록 상처를 잘 받는 것조차도

그것이 생존만큼이나 중요하다는

방증이라는 해석도 있습니다.

인체가 느끼는 통증은 그 부분을

지키라는 강력한 신호니까요.

1부

외/로/움

나는 관계사냥꾼일까?

저는 상가에서 장사를 합니다. 오랫동안 여기에서 일을 했는데도 친한 사람이 단 한 명도 없습니다. 하루 만에 사람들과 가까워지는 사람도 있던데 저는 몇십 년이 지나도 같은 상태라 항상 마음이 쓸쓸하고 허전합니다.

바로 옆 가게에 친해지고 싶은 동생이 있지만 그 친구는 상가 사람들에게 인기가 많고 좀처럼 제게 곁을 주지 않습니다. 이런 저도 그와 가까워질 수 있을까요? 저도 누군가와 친하다는 걸 사람들에게 좀 보여주고 싶은데 그게 참 어렵습니다.

관계를 맺는 것은 누구에게나 어렵습니다. 그러나 사연자님처럼 유독 관계에 서툴고 작은 관계 맺기조차 힘들어하는 사람들이 있습니다. 관계를 강렬히 원하면서도 사람을 밀어내기 일쑤인 이들에게는, 오직 자신에게만 당연한 몇 가지 관계 습관이 있습니다.

첫 번째는 친해질 상대를 '물색' 한다는 것입니다.

일상적인 관계를 무난하게 유지하며 사는 사람들은 대개 관계를 인위적으로 만들지 않습니다. 관계가 만들어질 만한 장소나 모임은 선택하곤 하지만 관계 자체는 의지의 대상이 아닙니다. 학교, 직장 등 자신이 속한 조직이나 생활반경 안에서 자신의 역할대로 잘 살다 보면 인연이 만들어지게 됩니다. 그런데 관계에 매우 서툰 사람들은 '친구 후보'가 될 만한 사람을 탐색하다가, 대상이 찾아지면 목표를 이루기 위해 골몰하는 모습을 보입니다. 저는 이들을 '관계 사냥꾼'이라고 부릅니다. 관계 사냥꾼들은 자연스럽게 관계를 맺는 방식에 익숙하지 않기 때문에 이렇게 사냥하듯 관계를 맺는 것을 당연하게 여깁니다. 그러나 사람들은 보통 관계 사냥꾼을 몹시 경계하게 되어 있는 데다가 이들이 관계 속에서 보이는 태도가 매력 없기 때문에 많은 경우 실패하기 마련입니다.

타인과 관계 맺기를 원하는데도 잘되지 않는다면 자신이 관계 사냥꾼은 아닌지 스스로 질문해 보아야 할 것입니다.

두 번째는 사람보다 관계 자체에만 몰두한다는 것입니다.

사연을 보면 '저도 누군가와 친하다는 걸 보여주고 싶다'는 표현이 나옵니다. 상가에서 비교적 인기가 있는 옆 가게 동생과 친해진다면 관계로 인한 괴로움이 해결될 거라고 느끼는 것이지요. 한정된 공간에서 외톨이로 지내는 상황에서 벗어나고 싶다는 욕구가 보입니다. 하지만 이런 욕구는 모순되게도 관계에 가장 큰 걸림돌이 되곤 합니다.

'인연'이라고 부르는 여러 복잡한 계기들로 만나게 된 사람과 함께하는 시간이 좋고 그 관계를 유지하고 싶어지는 것, 그래서 가까워지는 것이 자연스러운 관계의 과정입니다. 역순으로, 관계 자체가 필요해서 그 자리에 끼워 넣을 사람을 찾는 의도가 명백한 사람은 무섭습니다. 이런 사람들은 관계를 맺는 모든 단계에서 상대 입장을 고려하지 못합니다. 처음부터 자신의 필요를 채우기 위해 '구인'을 한 것이니 자기중심성에서 벗어나기 어렵습니다.

사람들은 관계를 구하는 게 목적인 사람들이 자신에게 관심을 갖는다는 게 어떤 의미인지 본능적으로 알아차립니다.

'저 사람은 꼭 내가 아니더라도 아무나 옆에 있기만 하면 되는 사람이구나.'

친구뿐 아니라 연인, 배우자로서도 이런 기분을 느끼게 하는 사람은 매력도가 0점입니다.

세 번째 특징은 타인에 대해 관심이 없다는 것입니다.

관계에 목말라하는 사람이 사람에 관심 없다는 것은 언뜻 모순으로 보입니다. 그러나 관계에 서툰 사람이 사람에 관심이 없다는 것은 그 상태의 원인이자 결과입니다. 사냥꾼이 사슴이 좋아하는 먹이와 자주 출몰하는 장소를 잘 안다고 해서 사슴에게 관심이 있다고 볼 수는 없듯, 관계 사냥꾼은 '친구 후보'인 사람에게 진정한 관심을 갖지 않습니다.

관계에 어려움을 겪는 이들은 대화할 때 소통에도 어려움을 겪는 경우가 많습니다. 상대방이나 사람, 심지어 세상일 전반에도 관심이 없다 보니 이야깃거리가 없어 사람들과 대화를 이어 나가기 힘듭니다. 같은 이유로 상대방이 하는 말을 주의 깊게 듣는 것도 어렵습니다. 소통은 유려한 말솜씨와는 다른 것이라, 상대방에게 관심을 갖고 그가 하는 말을 잘 듣기만 해도 됩니다. 잘 들으면 저절로 반응도 하게 되고 질문

거리도 생겨 대화가 이어집니다. 소통이 되지 않는 사람은 자아에 갇혀 타인에게 관심을 가지지 못하는 사람입니다.

관계 사냥꾼은 소통을 하지 않고 뭔가 상대방이 좋아할 것 같은 말과 행동을 해 환심을 사려합니다. 상대방에 대해 더 알고 싶은 마음이 없고 자신을 알리고 싶어 조급합니다. 자신이 이 관계를 얼마나 원하는지 상대방이 알아주어 어서 그와 가까워지기를 원합니다.

사냥꾼이 사슴이 좋아하는 먹이와 자주 출몰하는 장소를 안다고 해서 사슴에게 관심이 있다고 볼 수는 없듯, 관계 사냥꾼은 '친구 후보'인 사람에게 진정한 관심을 갖지않습니다.

관계에 서툴면서도 관계에 목마른 사람들은 관계 사냥꾼이 되기 쉽습니다. 호의로 열려 있기만 하면 저절로 이어지는 것이 관계인데, 마치 사냥을 하듯 목표물을 정하고 마음을 얻으려 드는 이들이 관계 사냥꾼입니다. 그들은 관계를 얻기 위해 시간과 마음을 투자하지만 목표물이 된 사람들은 그런 접근법을 힘들어합니다.

관계 사냥꾼은 악인이 아닙니다. 단지 관계에서 부분적으로 미숙한 상태일 뿐입니다. 틀을 잘못 잡고서 그걸 토대로 집을 지으려 드니 자꾸 실패하는 것입니다. 그럴 때는 틀이 잘못되었다는 걸 알아채고 처음부터 다시 시작하면 됩니다. 대부분의 사람들이 질색하는 관계 사냥꾼으로서의 태도를 버리고 나대로 잘 사는 사람이 되면 됩니다. 그렇게 살면서 동시에 관계 능력을 서서히 성장시키다 보면 자연스럽게 관계는 찾아옵니다.

보통 사람들이 서로 가까워지는 가장 큰 요인은 '물리적 거리'입니다. 생각해 보면 학창 시절 단짝으로 지냈던 친구들은 학기 초에 앞뒤 옆자리에 앉거나 집이 가까운 아이들이었습니다. 대학 시절 내내 붙어 다녔던 친구들은 오리엔테이션에서 같은 조원으로 만났습니다. 그렇게 접촉점이 있는 친구들 중 취향이 맞는 쪽이 남는 식으로 친구 관계가 만들어지곤 했습니다.

이제 어른이 되어 그런 식의 강제적 접촉으로 친구를 만드는 일은 어려워졌습니다. 스스로 사람들이 있는 곳을 찾아가 섞이고 사람들과 어울려야 합니다. 그러다 보니 관계에 서툰 사람들은 어색하고 어렵기만 합니다.

그럴 때는 '얼굴도장'을 찍는 것이 거의 유일한 방법입니다. 딱히 소통이 없더라도 얼굴을 자주 보다 보면 저절로 '아는 사람' 범주에 들어가게 됩니다. 그때까지 취향에 맞는 모임에 꼬박꼬박 출석해서 낯을 익히는 것이지요. 어느 날 갑자기 다가와서 친구가 되자고 말하는 사람은 무섭습니다. 하지만 이런 식으로 이미 아는 사람이 된 사람을 향해서는 경계심이 열어집니다. 이런 단계에서 자연스럽게 친구가 되는 것입니다. 대부분의 사람들이 이런 식으로 타인을 만나고 가까워집니다. 사람들에게 다가가는 비법 같은 걸 찾아 헤메지 마세요.

사람들에게 가장 안전하고 부담 없이 다가가는 방법은 사실 인사입니다. 가벼운 목례, 혹은 안녕하시냐는 인사말로도 충분합니다. 용기 내서 한두 번 지르듯 하는 게 아니라 쌓아나간다 생각하고 습관적으로 하는 것이어야 합니다.

애매하게 아는 사람들에게 인사를 해야 할지 말아야 할지 고민된다면 그냥 하세요. 상대가 인사를 받아주지 않거나 반응이 미적지근해도 괜찮습니다. 어떤 상황에서든지 인사하는 건 선을 넘는 일이 아니니까요. 인사를 받지 않는 사람의 태도가 잘못된 것입니다. 반응은 상대방의 몫으로 남기고 나는 인사를 하면 됩니다.

인사를 잘하면 관계에 대한 기회가 훨씬 많이 주어지게 됩니다. 그 사람에 대한 평가가 달라지고요. 저는 심하지 않은 층간소음 문제쯤은 인사로 해결되는 것도 본 적이 있습니다. '아는 아이'가 내는 소리는 덜 시끄럽다는 게 아래층 어르신의 말씀이었습니다.

인사를 하는 게 스트레스고, 그렇게까지 하면서 꼭 사람을 만나야 하냐고 되묻는다면 더 할 말이 없기는 합니다. 우리가 갖고 있는 건 대체로 '그렇게까지' 하고 싶어서 얻은 것들이니까요.

관계에 서툰 분들이 상대에게 베푸는 것에 몹시 서툰 경우가 많습니다. 인색하거나, 반대로 크게 베풀고는 상대방이 알아주기를 바라다가 곧 실망하곤 합니다. 관계에서 인색한 이들은 자신이 주는 것을 확실히 돌려받을 만한 관계에서만 베풀고 싶어 하지만, 세상에 그런 정량의 관계는 없습니다. 누군가에게 주면 돌고 돌아 다른 이에게 다른 방식으로 내게 돌아오는 게 삶에서 주고받는 원리입니다.

자신은 주기만 할 뿐 받지는 못하는 사람이라고 힘들어하는 이들을 자주 봅니다. 세상 모든 사람들이 자신을 이용만 한다고 슬퍼합니다. 하지만 주는 걸 의식하고 돌려받지 못하는 걸 알아챌 정도로 주는 것 자체가 건강하지 않은 일입니다. 베풀고 곧 잊어버릴 수 있을 만큼만 베푸는 게 관계를 잘 누리는 사람들의 공통점입니다.

사연자님의 경우라면 가까워지고 싶은 이웃 사장님 가게에 자주 들러 물건을 구매해 주시는 건 어떨까요? 얼굴도장 찍기와 인사, 부담 없는 베풀기를 동시에 할 수 있는 방법입니다.

사회성 좋은 사람들을 흉내 내는 것도 피해야 할 일 중 하나입니다. 사람들이 관계에 능숙한 사람들에 대해 갖고 있는

애매하게 아는 사람들에게 인사를 해야 할지
말아야 할지 고민된다면 그냥 하세요.
상대가 인사를 받아주지 않거나 반응이 미적지근해도
괜찮습니다. 어떤 상황에서든지
인사하는 건 선을 넘는 일이 아니니까요.

일종의 전형성이 있습니다. 사람들에게 먼저 잘 다가간다, 선물을 잘한다, 농담을 잘한다...... 하지만 관계를 잘 다루는 사람들의 실제 모습은 좀 다릅니다. 조용하고 혼자 있는 걸 더 좋아하고, 남에게 먼저 말 거는 일을 어려워하는 이들도 많습니다. 반대로 사회성 좋은 성격의 요건을 다 갖추고서도 관계에는 서툰 사람들도 적지 않습니다. 그러니 관계를 새로 만들고 싶다고 해서 억지로 용기를 짜내 그런 사회성의 전형을 연기할 필요는 없습니다. 자신이 갖고 있는 성격의 장점을 잘 활용해서 나 자신으로 있어도 괜찮습니다. 앞에서 말씀드린 여러 요건만 염두에 둔다면요.

그런데 여기에 근본적으로 가장 중요한 요건이 하나 더 있습니다. 바로 '사람을 좋아하는 것'입니다. 뭐든 내가 좋아하지 않는 것을 곁에 두는 건 쉽지 않은데 그걸 깨닫지 못하는 경우가 많습니다. 관계에 서툰 사람들의 가장 큰 걸림돌은 사람을 좋아하지 않는다는 것입니다.

혼자 있는 일에 한계를 느껴 필요에 의해서 어울릴 사람들을 찾습니다. 그러기 위해서 노력을 하지만, 기본적으로 사람들을 좋아하지 않기 때문에 그 모든 노력이 오롯이 투자로 느껴집니다. 그렇게 되면 일회성으로 바짝 노력하다가 포기하는 일이 반복되기 쉽습니다.

먼저 사람이나 세상에 대해 호의를 품고, 발가락부터 물에 담그듯 다가가야 할 것입니다.

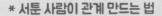

* 서툰 사람이 관계 만드는 법
1. '얼굴도장'을 자주 찍어 지인 바운더리로 들어가기
2. 상대의 반응 없이 인사 잘하는 사람이 되어 보기
3. 무심하게 친절을 베풀어 볼 것
4. 사회성 좋은 사람들을 흉내 내지 않기

항상 주기만 한다고
생각하는 사람들에게

전업주부인 저에게는 몇 달 동안 친해지고 싶어서 공을 들인 또래 동네 엄마가 있습니다. 오늘 그가 저 대신 다른 사람을 챙기는 모습을 보고 마음이 심란해져서 이렇게 고민을 털어놓습니다. 먼저 연락하는 것도, 선물을 챙겨주는 것도 언제나 제 쪽이었고, 저는 그 친구가 원래 그런 성격이라고 믿었습니다. 그런데 오늘 그가 다른 사람들은 저와 다르게 대한다는 것을 알게 된 것입니다.

저는 항상 이런 식입니다. 다른 사람들한테 정을 주고 마음을 쏟는데 언제나 남한테 준 만큼 돌려받지 못하고 살아요. 제가 사랑받지 못할 만한 사람이어서 그런 것인지 자괴감이 들고 인간관계에 회의가 생깁니다. 저한테는 제가 손을 놓으면 그냥 끊겨버리는 관계들뿐입니다. 이런 관계들이 제 인생에 정말 필요한 걸까요? 어쩌면 저는 사람을 통해 행복을 얻을 수 있는 사람이 아닌 걸까요?

 # 23

관계에서 항상 주기만 할 뿐 그걸 되돌려받지 못한다고 생각하는 사람들에게는 공통점이 있습니다. 상대방에게 베풀고 주는 일을 나의 관점에서밖에 보지 못한다는 점이 그렇습니다. 그런 이들은 타인에게 무언가를 주는 게 무조건 상대방을 위해 좋은 일이라고 생각하곤 합니다. 그러나 타인에게 베풀 때 가장 먼저 떠올려야 할 질문은 상대방이 그걸 원하는가입니다. 별로 원하지 않는 것을 베풀면 상대방 입장에서는 그것이 받은 게 아니거나, 혹은 받은 것보다 못한 것이 될 수도 있습니다.

오래전 어느 외국 사이비 종교단체에서 모금을 할 때 이런 방법을 쓴 적이 있습니다. 지나가는 사람들에게 무작정 꽃을 한 송이씩 나눠 줍니다. 크게 부담스럽지 않으면서도 기분 좋은 선물이었으니 사람들은 흔쾌히 꽃을 받았습니다. 그러나 기분 좋은 것도 잠시, 그들은 꽃을 받은 사람들에게 자기 단체에 기부를 해달라고 말했습니다. 속았다 싶어 사람들이 불쾌감을 느꼈을 것 같지만 이 방법은 생각보다 효과가 좋았습니다. 꽃을 받은 사람들이 그냥 기부를 권유받은 사람들보다 기부에 참여하는 확률이 현저하게 높았습니다.

이 현상을 심리학자들은 이렇게 설명합니다. 사람들은 어떤 상황에서든 타인에게 무언가를 받으면 빚을 졌다는 기분을 느끼게 되어 있다고 합니다. 그래서 그걸 준 사람의 부탁을 들어줄 확률이 높다는 것이지요. 그 사이비 종교단체 사람들은 그런 사람들의 심리를 모금에 이용한 것입니다. 그렇다면 우리는 사람들의 마음을 움직이기 위해서 뭔가를 주기만 하면 되는 것일까요?

꽃을 받고 억지로 기부를 한 사람들이 다시 그 단체를 찾을 가능성은 낮습니다. 부채감을 느껴 마지못해 부탁을 들어주었지만 그것은 일회성일 뿐, 다시 길에서 꽃을 주는 사람을 만난다면 무조건 피하고 보겠지요. 무언가를 베풀어 상대방을 움직이는 것은 호감을 얻는 것과는 전혀 다른 일입니다. 주는 행위를 통해서만 마음을 얻으려 한다면, 그건 사람을 너무 평평한 존재로 보는 일이 아닐까요?

의외로 우정은 증명할 필요가 없습니다. 문학작품이나 매체 등에서 감동적인 이벤트를 벌이는 일이 사람의 마음을 얻는 것을 볼 때는 저거야말로 우정이구나 하는 생각이 들지만 실제 관계는 참 다릅니다. 우리는 우정을 증명하기 위해 10년 동안 모은 돈을 친구 대학 등록금으로 내놓는다든지, 친구를 위해 가족을 소외시킨다든지 하며 무리할 필요가 없습니다.

전에 해외에 유학 가 있는 친구가 아프다는 소식을 듣고 귀한 휴가를 써서 친구에게 달려간 사람을 본 적이 있습니다. 그 모습을 본 사람들은 다들 진정한 친구를 두었다며 두 사람의 관계를 부러워했습니다. 그런데 머지않아 더 이상 두 사람이 연락을 하지 않고 지낸다는 소식을 전해 듣게 되었습니다. 간병을 위해 멀리까지 날아간 친구가 아프던 친구에게 섭섭한 일이 생겨 감정이 상했던 모양입니다.

친우를 크게 감동시키곤 하는 이들의 우정이 의외로 오래 가지 못하는 경우를 자주 보게 됩니다. 자신이 마음을 주는 만큼 되돌아오지 못하는 상황을 의식하며 상처받다가 관계가 틀어지는 상황을 만들게 되는 것이지요.

타인에게 베풀 때 가장 먼저 떠올려야 할 질문은
상대방이 그걸 원하는가입니다.
별로 원하지 않는 것을 베풀면 상대방 입장에서는
그것이 감정적으로 받은 게 아니거나, 혹은 받은 것보다 못한
것이 될 수도 있습니다.

남인숙의 어른수업

관계에서 희생은 아주 성숙한 사람만이 베풀 수 있는 미덕입니다. 상대방을 위해 손해를 감수하고도 지나면 바로 잊어버릴 수 있는 사람이어야 그 희생이 서로를 힘들게 하는 짐이 되지 않을 수 있습니다.

관계는 성취라기보다는 상태입니다. 따라서 노력은 상대가 아닌 자신을 향하는 것이어야 합니다. 상대에게 무엇을 해주며 나와 잘 지낼 것을 바랄 게 아니라 내가 더 좋은 사람이 되어 그 사람 근처에 있으면 됩니다.

모든 관계에서 감정의 무게가 공평할 수는 없습니다. 반드시 어느 한쪽이 상대방을 더 좋아하게 되어 있고, 때로 한쪽으로 많이 기울어진 관계도 있습니다. 그건 사람 자체의 가치가 부족하거나 노력을 하지 않아서라기보다는 그냥 마음이 그렇게 흐르는 것입니다. 한쪽이 더 잘해주고 좋은 것을 준다고 해서 바뀌는 것이 아닙니다. 그래서 정서적인 관계는 서로 맞는 사람들끼리 만나 시간을 보내다 인연이 닿는 만큼 가까워지는 게 자연스러운 것입니다. 그러므로 타인에게 아낌없이 주는 사람이 잘못한 건 없지만 그만큼 되돌려주지 못하는 상대방에게도 잘못이 있는 건 아닙니다. 그걸 알지 못하고 상대방을 원망할 때부터 잘못은 시작되는 것이지요.

그렇다면 항상 남에게 뭔가를 받는 사람들은 어떤 사람들일까요?

사실 뭔가를 받기만 하는 것처럼 보이는 사람들은 정말로 주지 않는 게 아닙니다. 타인에게 먼저 다가가 선물을 안겨주는 것이 아닐 뿐, 소통 과정에서 상대에게 필요한 것을 알게 되면 그걸 다 해 줍니다. 그리고 바로 잊어버리고 자신의 삶에 집중하며 살지요. 그런 사람들이 자신이 준 것이나 관계에 집착하는 모습이 안 보이니 별로 해준 것 없이 받기만 하는 것처럼 보일 따름입니다.

어쩌면 항상 '언제나 주는 만큼 받지 못한다'는 고민을 하는 이들은 이 전제 자체에 답이 있는지도 모르겠습니다. 이렇게 말할 수 있다는 건 내가 준다는 걸 일일이 인식하고 담아 둔다는 의미니까요. 돌려받기 위해 뭘 해준 게 아니라고는 해도 은연중 기대가 있는 것입니다. 그런 기대가 관계를 해치는 주범이 됩니다.

전에 한 친구와 호텔 로비의 파우더룸에서 나란히 거울을 볼 때였습니다. 제가 파우치에서 꺼낸 핸드크림을 보고 그 친구가 말했습니다.

"어? 나하고 똑같은 핸드크림 쓰네?"

신의 섭리와 공통된 취향이 만나야만 가능할 것 같은 이 우연에 마냥 신기해하는 그에게 저는 이렇게 대답했지요.

"이거 네가 나한테 준 거잖아."

이런 사람이 매력적이라는 사실, 그리고 촘촘하지 못한 기억력은 묘한 상관관계가 있습니다.

뭔가를 주고 싶은 그때의 마음만 진심이면 될 뿐, 자신의 손에서 나가는 것을 기억에 뚜렷이 새기는 사람은 참 매력이 없습니다. 내 마음이 그렇게 하지 못할 것 같으면 어느 한계 이상은 주지 않으면 그만입니다. 타인에게 동전 하나 사심 없이 건넬 마음밭이 못 된다면 그 좁은 마음을 넓히는 게 먼저입니다.

* 줄 때 생각해 볼 것들

1. 상대방이 원하는 것인가 생각해 보기
2. 상대방의 마음을 얻을 것이란 기대 버리기
3. 사심 없이 주고 잊어버리기

나도 누군가에게 재밌는 사람이
되고 싶다

얼마 전 친동생한테 제가 참 재미없는 사람이라서 모임이 있어도 부르는 사람이 없다, 이런 막말을 들었습니다. 그 말이 충격이었지만, 더 아픈 것은 그게 사실이라는 걸 저 자신도 안다는 것입니다.

저는 성격도 고지식하고 낯도 많이 가리는 편입니다. 너무 고립되어 사는 것 같아 사람들과 잘 지내고 싶은데 저도 제가 재미없는 사람이라는 걸 알겠습니다. 모임이나 소개 자리에 나가면 제가 존재감이 없다는 게 느껴집니다. 말을 웃기게 잘해서 좌중을 압도하는 사람들을 보면 너무 부럽습니다. 그런데 막상 사람들을 만나면 할 말이 없어요. 제가 인간관계가 좁고 이성을 사귀지 못하는 것도 재미없는 사람이어서 그런 것 같은데 어떻게 해야 할까요?

유머를 연습하거나 재미있는 말을 외우거나 하는 건 너무 일차원적일까요?

우선 유머가 어떤 것일까 생각해 보시면 좋겠습니다. 유머는 기본적으로 여유에서 나옵니다. 사람이 위축돼 있으면 같은 말을 해도 그게 남에게 재미있게 들리기는 어렵습니다. 심리적으로 우위에 있다는 자신감이 있어야 남을 웃길 수 있습니다. 오래전 귀족을 웃게 하던 광대에게 짓궂은 농담을 하는 것이 허용된 이유도 이래서였지요. 낮은 신분이었던 광대도 공연할 때만큼은 '내가 웃기는 면에서는 당신보다 낫지'라는 자신감이 있었을 것입니다. 사연자님처럼 자아가 작아져 있을 때는 애써 남을 웃기려 들면 안 됩니다.

그리고 제가 한 가지 되묻고 싶은 질문이 있습니다.

재밌는 게 웃긴 건가요?

지인 중 말을 아주 재미있게 잘하는 사람이 있습니다. 말솜씨도 유려하고 유머 감각도 있어 어떤 모임에서나 환영을 받습니다. 그가 마음에 드는 여성과 '썸'을 타는 중인데 관계가 뜻대로 발전되지 않아 고민을 하고 있었습니다. 뭐가 문제일까 자세히 들어보니 그가 번번이 연애에 실패하는 이유를 알 것 같더군요.

이야기를 들어 보니, 그는 만날 때마다 어떻게 하면 상대방을 재밌게 해 줄 수 있을까 고민한다고 했습니다. 만나는 동안 농담으로 상대를 웃겨주는 게 너무 힘들고 진 빠진다는 말도 덧붙였습니다.

저는 그와 만나던 그 여성분도 참 힘들었겠다 하는 생각이 들었습니다. 함께 있는 시간 내내 자신을 웃기겠다고 애쓰는 사람에게 호응해 주는 것이 얼마나 힘들었을까요? 진짜로 웃겨서 내내 웃다 헤어졌다고 해도 그랬을 것입니다. 유머는 평범한 대화와는 달리 반응을 돌려줘야 하기 때문에 너무 반복되면 스트레스가 되기도 하니까요. 저는 재치 있는 말솜씨로 대중을 휘어잡는 유명인을 사석에서 만났다가 끔찍하게 지루한 시간을 보낸 경험이 꽤 있습니다. 전문가의 말재주로도 안 되는 일이 평범한 사람의 것으로 될 리 없는 일입니다.

사람이 사람을 만날 때 느끼는 재미는 유머라는 한정된 범위에서 그치는 게 아닙니다. 재미라는 건 신경을 여러 형태로 자극하는 데에서 오는 것인데, 자극의 형태는 아주 여러 가지니까요. 예를 들어 시각적으로 상쾌한 자극을 주는 미모는 굉장히 재밌습니다. 맞은편에 엄청난 미남, 혹은 미녀가 앉아 있다면 그가 어떤 말을 해도 지루하지 않을 것입니다. 하지만 모든 자극은 반복되면 점점 역치가 높아지게 되어 있기 때문에 상대의 자극 요소가 오로지 미모뿐이라면 곧 그 만남의 재미도 사라지게 되겠지요. 사람이 주는 지속적인 재미는 유머, 미모처럼 단일 요소로 이루어진 자극만으로 나오는 것이 아닙니다.

사실 사람만큼 자극적인 존재도 없습니다. 성질이 입체적인 데다가 입력값으로는 예상할 수 없는 반응을 보이기도 하니까요. 상대가 주는 그 인간으로서의 자극이 스트레스가 아닌 '재미'로 느껴지려면 몇 가지 조건이 필요합니다.

사람들이 만나고 싶어 하는 이들은 대개 듣는 능력이 뛰어납니다.

많은 사람들의 오해와는 달리 말을 잘하는 사람보다 잘 듣는 사람과 함께 있는 게 더 재밌습니다.

우리 중 상당수는 말하고 싶은 욕구를 발산하기 위해 사람을 만납니다. 이것을 알면서 사회화가 잘 되어 있는 사람들 사이에서는 말한 만큼 들어주기도 하는 암묵적인 규칙이 잘 작동합니다. 그런데 간혹 이 규칙을 의식하지 못하고 자신의 말만 하고 싶어 하는 사람들이 있습니다. 이런 사람들은 권력형과 무관심형으로 나뉩니다.

원래 권위 있는 자리에 오르게 되면 말을 할 기회를 독점할 수 있습니다. 예로부터 말을 할 권리는 늘 높은 사람들에게만 있었으니까요. 회식 자리에서 '부장님 개그'에 관심과 웃음이 몰리는 것도 같은 이유입니다. 그래서 권력으로 들어줄 귀를 얻는 생활을 오래 하게 되면 타인의 말을 들어주어야 할 필요성을 느끼지 못하게 되는 것이지요. 이런 소통 방식이 습관으로 굳어진 이들은 권력이 사라졌을 때 이야기를 들어줄 사람도 동시에 사라집니다.

무관심형은 사람들과 만났을 때 자기 말만 하는 사람들뿐 아니라, 들어주는 척하면서 실은 잘 듣지 않는 사람들까지 포함합니다. 남의 말을 듣고 이해하는 일은 자기 말을 하는 것보다 많은 에너지가 듭니다. 이런 일들은 그런 에너지를 쓰기 싫어서 귀를 닫는 것입니다.

사람들은 말을 재밌게 하는 사람보다 자기 말을 재밌게 들어주는 사람을 만날 때 훨씬 큰 재미를 느낍니다. 사람과 사람 사이에서 공감이 이루어질 때의 짜릿함은 유머나 미모보다 지속적이고 변화무쌍한 자극이 됩니다.

하지만 듣는 것도 연습이 필요합니다. 그냥 입을 다물고 상대방 말에 고개만 끄덕인다고 잘 듣는 게 아닙니다. 상대방

이 하는 말의 핵심을 잘 이해하고 거기서 흥미 요소를 찾아 표현하면 이상적이지요. 노력해도 집중이 잘 안된다면 강의를 듣고 글로 요약해 보는 연습을 몇 번만 해 보셔도 많이 좋아집니다. 고도의 듣기 실력을 갖추어야 하는 전문 통역사들이 수련할 때 쓰는 방법입니다. 잘 듣는 습관을 들이면 관계뿐 아니라 나 자신에게도 이득이 됩니다. 정보를 흡수하는 능력이 생겨서 세상살이에 더 능률적이 되기도 하고, 인생에 더 흥미가 생겨 사는 일 자체에 대한 재미도 생깁니다.

평범한 사람들 이야기가 다 거기서 거기고 그 이야기를 듣는 게 시간 낭비일 뿐이라고 생각한다면 영원히 진짜 재밌는 사람은 될 수 없습니다.

대화할 때 자신의 말을 편집할 줄 알게 되면 훨씬 재밌는 사람이 됩니다. 말을 장황하게 펼치고 힘들게 거두는 사람과는 자주 만나기 싫어집니다. 어떤 이들은 '내가 오늘 약속에 늦었다, 왜냐하면……'이라는 내용을 말하기 위해 10년 전 처음 시작된 만남에서부터 이야기를 시작합니다. 무슨 말을 하려는 것인지 듣다 보면 결국 '지인에게서 전화를 받느라 늦었다'라는 싱거운 결론입니다. 어쩌다 한두 번이면 몰라도 매번 이런 식으로 말하는 습관이 든 이는 정말 말 섞기 싫은 사람이 됩니다.

　제게도 이런 습관이 있는 지인이 있었습니다. 그와 용건이 있어 전화 통화를 할 때 일부러 개인적인 안부를 묻지 않았던 기억이 납니다. 아이스 브레이킹의 의미로 전에 걱정하던 일이 어떻게 되었는지 묻기라도 하면 그와 관련한 모든 사연과 푸념이 끝없이 이어지곤 했거든요. 그와의 대화는 방송 촬영에 비유하자면 편집본이 아닌 촬영 원본을 보는 것과 같았습니다. 보통 방송을 위해서는 최종분의 10배 정도로 촬영을 해둡니다. 시간순으로 이어지는 일상의 장면들을 주제에 맞게 고르고 자르고 이어 붙여야 시청자들이 줄지 않고 무사히 봐줄 수 있는 작품이 됩니다. 소통을 잘하는 사람들은 현실에서의 수많은 사실들을 상대에 맞게 편집해 전달할 줄 압니다.

　편집해서 말하는 게 어렵다면 가장 중요한 말을 먼저 하겠다고 생각하시면 쉽습니다. 그리고 상대방의 반응이 좋으면 좀 더 자세한 설명을 덧붙이면 됩니다. 예를 들어 상대방이 '요즘 어떻게 지내세요?'라고 물었을 때, 그가 말하는 '요즘'이 언제부터인가를 고민하며 지난번 만난 작년 가을 이후의 행적부터 시간 순서대로 설명할 필요는 없습니다. '새 책 집필에 들어가서 바쁘게 지내고 있습니다'라는 식으로 질문에 해당하는 내용만 말하면 되지요.

실은 말 편집 기술이 따로 요란하게 필요한 것은 아닙니다. 상대방 입장에서 듣기 편하게 말을 편집하겠다는 생각을 하는 것만으로도 훨씬 나아집니다.

만나면 재미있는 사람의 특징을 한마디로 요약하면 '호기심'이라고 할 수 있겠습니다. 사심 없이 나를 궁금해하는 사람과 보내는 시간은 정말 재미있으니까요. 그건 소위 '신상 털이'라고 하는 정보 캐내기 하고는 다릅니다. 사람들의 급을 나누고 자신과 비교하기 위한 얕은 정보에만 귀를 기울이는 사람은 오히려 경계의 대상이 되기 쉽습니다. 상대가 자신과 다른 눈으로 접하는 세상에 호기심을 가지는 사람이 정말 재미있는 것이지요.

사람들을 만나서 할 말이 없다고 생각하는 사람은 사실 호기심이 없는 것입니다. 대화하고 있는 상대에게도, 또 세상에 대해서도 관심이 없습니다. 관심이 없으니 대화에서 공유할 화젯거리가 보이지 않는 것입니다. 이것은 세상사에 초연한 것과는 전혀 다릅니다. 다 알면서 그 위에 있는 게 초연한 것인데, 이런 이들은 처음부터 관심이 없어서 아는 것도 없습니다. 이렇게 타인과 세상에 대해서 관심이 없는 사람들의 문제는 자기 자신에 대해서조차 관심이 없다는 것입니다.

자아에 대한 인식을 뚜렷이 해야 관심이 확장되고 시야가 넓어집니다.

나태주 시인 〈풀꽃〉이라는 시에는 이런 유명한 구절이 있습니다.

'자세히 보아야 예쁘다. 오래 보아야 사랑스럽다. 너도 그렇다.'

이것은 고도의 은유이기도 하지만 표현 그대로 모든 존재는 자세히 오래 볼 수 있어야 가치를 발견하게 됩니다. 세상 모든 것에 관심을 가지는 것을 피곤해하는 이의 눈은 사랑스러움을 발견하기 어렵습니다. 사람, 혹은 세상에 대해 호의와 호기심이 있는 사람의 관점을 내 것과 맞대 보는 것이 재미있을 수밖에 없는 이유이기도 하지요.

사람들은 말을 재있게 하는 사람보다
자기 말을 재있게 들어주는 사람을 만날 때
훨씬 큰 재미를 느낍니다.

정보력이나 재력, 사회적 지위 등으로 자신의 쓸모를 유지하면 어느 정도 관계를 유지할 수 있습니다. 하지만 어떤 상황에서든 만나면 재밌는 사람으로서의 매력을 유지할 수 있다면 훨씬 든든한 정서적 기반을 누리며 살 수 있습니다.

* 만나면 재미있는 사람이 되려면

1. 대화할 때 잘 들어줄 줄 아는 사람
2. 자신의 말을 편집할 줄 아는 사람
3. 세상에 대해 호기심을 갖는 사람

남인숙의 어른수업

소심한 사람이
인맥 만드는 법

저는 30대 초반 직장인입니다. 시험공부를 몇 년 하고 포기해서 나이에 비해 경력이 부족한 편입니다. 그동안은 제 경력이나 스펙이 부족하니 취업한 것만으로도 감사하다 싶었습니다. 그런데 얼마 전 저와 같이 공부했던 친구는 훨씬 더 조건이 좋은 회사에서 일하고 있다는 것을 알게 되었습니다. 그냥 합격 운이 따라줬나보다 했는데 알고 보니 그곳이 친구 군대 동기의 가족회사였습니다. 그 친구는 성격이 사교적이라 인맥 활용을 잘하는 것 같습니다. 사회에 나와서 보니 생각보다 인맥이 중요하다는 걸 느끼고 절망하게 됩니다. 저는 내성적이고 소심한 성격을 타고났고 객관적으로 잘난 구석이 없습니다. 사람들은 다 끼리끼리 어울리게 되어 있으니, 제가 제 인생에 도움이 될 만한 인맥을 만드는 건 힘들까요? 방법이 있다면 그건 무엇일까요?

사연자님은 20대에서 벗어난 지 얼마 안 되었고 개인화가 진행되고 있는 사회에서 성장한 세대입니다. 그래서 지금까지는 인맥의 중요성을 느껴본 적이 없어 친구의 케이스에 충격을 받은 것으로 보입니다. 하지만 지금까지 어느 시대, 어느 사회건 인맥이 중요하지 않았던 적은 없습니다. 모든 기회는 결국 사람을 통해 오니까요.

좋은 인맥을 만드는 제일 간단한 방법은 상류층으로 태어나는 것입니다. 어떤 사회든 최상류층이 자식에게 물려주는 진짜 유산은 돈보다 인맥이니까요. 그렇다고 해서 이번 생에 인맥이 가져다주는 기회를 미리 포기할 필요는 없습니다.

삶에서 선물처럼 오는 기회는 신의 영역인 것으로 보입니다. 그러나 그 통로가 되는 건 언제나 사람입니다. 통로가 많고, 또 열려 있을수록 기회가 내게 닿을 확률이 높아지는 건 당연한 일일 것입니다. 저는 이런 점을 소홀히 해서 삶이 고달파지고 손에 다 들어온 기회를 놓치는 사람들을 너무나 많이 보았습니다.

예술가, 과학자들은 사교성이 좋지 않은 경우가 많으니 저절로 유명해진 거라고 생각하기 쉽습니다. 하지만 우리가 알고 있는 각 분야 천재들의 전기나 관련 에피소드를 읽어 보면 그들도 대부분 인맥을 잘 활용한 사람들이라는 것을 확인하게 됩니다. 동시대에 똑같은 업적을 내고도 인맥이 없어 그냥 이름 없이 사라진 천재들도 많습니다. 심지어 사망 후 유명해진 사람들도 후대의 누군가가 우연히 그 가치를 알아보고 노력한 끝에 뒤늦게 발굴되는 게 대부분입니다. 그것조차 시대를 초월한 인맥이 끈이겠지요.

골방에서 글만 잘 쓰면 될 것 같은 작가라는 직업을 가진 저도 다르지 않습니다. 제 글을 알아봐 주고 출판계로 발을 들이게 해 준 몇몇 귀인들 덕에 오랜 시간 글밥을 먹는 행운을 누리게 된 것입니다. 고아한 문장을 한없이 만들어 낼 재주를 가지고도 끝내 자신의 책을 한 권도 내지 못하고 마는 작가들도 많습니다.

그렇다면 귀인이라고 부를 만한 그 인맥이라는 것은 어떻게 만드는 것일까요?

저는 '삽질한 곳이 곧 내 땅이 된다'라는 말을 좋아합니다. 의미 없는 헛수고를 뜻하는 '삽질'에 대한 새로운 해석으로, 성과가 없는 일에도 따라오는 경험자산에 주목한 말입니다. 저 역시 삽질한 땅에서 새로운 인연을 많이 만났습니다. 당장 성과가 보장된 일이 아니라고 해도 저와 방향성이 맞는 일이면 호기심을 가지고 가 본 장소에 그 인연들도 왔습니다. 결국 '움직임'이 있어야 인맥도 만들어지는 것입니다. 제가 지금부터 소개하는 방법들을 참고하시고 사람에 대해 좀 더 열린 마음을 가진다면 필요한 만큼의 인맥은 스스로 만들 수 있을 것입니다.

먼저 인맥만을 위해 억지로 사람을 만나려는 마음이라면 방향을 달리하시면 좋겠습니다. 사회에서는 인간관계가 어떻게 흘러갈지 알 수 없기 때문에 대체로 본심을 잘 드러내지 않습니다. 하지만 알고 보면 저마다 사람을 가늠하는 저울은 갖고 있고, 속도는 다르더라도 결국 다 같이 비슷한 평가치를 가지게 됩니다. 그래서 사람을 도구로 보는 이의 마음은 어렵지 않게 탄로 나게 되어 있지요. 더구나 그런 마음을 숨길 경험치조차 없다면 처음부터 관계 사슬 밖으로 밀려날 수밖에 없습니다.

제가 만난 한 CEO는 제조사를 운영하다 글로벌 투자회사로 전업했습니다. 그는 회사를 운영하는 능력이 있는 데다가 무척 호감이 가는 사람입니다. 만나면 유쾌한 데다 사심이 없어 인간적인 매력이 느껴집니다. 나중에 보니 그는 투자유치

활동을 하지 않는데도 수십억, 수백억의 투자 제안을 받고 있었습니다. 본인은 자신이 그 정도로 능력 있는 사람이 아닌데 이유를 모르겠다며 도리질을 치곤 했습니다. 정말 큰 자본을 갖고 있는 부자들은 자산 중 일부를 없는 셈 치고 리스크가 큰 투자를 하기도 합니다. 그에게 몰리는 돈이 그런 성격의 것이었습니다.

'능력이 적당히 검증돼 있는 데다가 나는 저 사람이 좋다.'

이것만으로도 투자의 이유가 되는 것이었습니다. 그의 이런 매력은 잇속 따지지 않고 진심으로 사람을 대하는 태도에서 나오는 것이었습니다.

이런 태도는 역설적이게도 처음부터 만날 가치가 있는 사람을 만나는 데에서 나옵니다. 사회적 지위나 재산 같은 표면적인 게 아니라 어느 한 부분이라도 배울 점이 있는 사람을 만난다고 생각하면 좋습니다. 존중할 만한 사람을 만나 그 관계를 유지하기로 했으면, 그때부터는 이해관계를 따지지 않고 진심으로 대하는 것입니다.

전에 인맥 만드는 기술이 유난히 좋은 사람을 알게 된 적이 있었습니다. 한두 번 만난 사람과도 곧바로 친구가 되며 인맥을 비즈니스로도 연결하는 탁월한 재능도 있었습니다.

그런데 한 번은 그가 다른 사람을 향해 다정한 말을 하다가 그 사람의 시야에서 벗어나자마자 표정이 변하는 걸 우연히 보게 되었습니다. 방금까지 달콤하게 미소 짓던 사람의 뒷모습을 증오 가득한 눈으로 노려보는 걸 실제로 보는 기분은 섬뜩하기까지 했습니다. 그때 가장 먼저 든 생각은 이것이었습니다.

'저 사람은 사는 게 지옥 같겠구나.'

사람이 가장 고통을 느끼는 정신상태 중 하나가 인지부조화입니다. 인지부조화는 자신이 해야 하는 행동이나 표현 따위가 내 생각, 감정과 다른 상태를 말합니다. 실험에 의하면 사람은 손으로 '나는 기분이 좋습니다'라고 글로 쓰면서 동시에 우울감을 느끼지도 못하는 존재입니다. 그만큼 내 안의 불일치, 모순에 적응하지 못하게 되어 있습니다. 그럼에도 불구하고 억지로 인지부조화 상황을 버텨내야 할 때는 극심한 스

인맥을 원한다면 먼저 자기 자신에게 관심을 가지고
만날 가치가 있는 사람이 되어 나가는 게
가장 중요하다고 생각합니다. 만나야 할 이유가 있는
사람이 되면 힘들지 않아도 인맥이 만들어집니다.

트레스를 느끼게 되어 있습니다. 싫은 사람을 억지로 좋아하는 척하는 게 일상이라면 그 사람은 내밀한 자신만의 지옥에서 살고 있는 셈입니다. 마음이 화탕지옥에서 끓고 있는데 인맥을 얻는다고 그 삶이 살만한 것이 될까요?

사람들을 잘 대해주는 일이 인지부조화가 되지 않게, 먼저 세상에 대해 다정한 마음을 품은 사람이 되는 것이 가장 실용적인 방법이 될 수도 있습니다.

다음으로 중요한 방법은 사람을 만나는 자리에 두루 가는 것입니다. 우리는 사교적인 성격이어야 인맥이 생긴다고들 생각합니다. 하지만 제가 만난 인맥 자산가들은 조용한 성품인 경우가 더 많았습니다. 낯선 사람이 모이는 곳을 부담스러워하는 게 보통이지만, 그 와중에도 '한 번 가볼까?' 하고 타인에 휩쓸려 보는 태도가 인맥을 만들어 줍니다. 아무리 낯 가리고 조용한 사람이어도 사람들 사이에 섞이다 보면 공통점이나 관심사가 나오게 되어 있습니다. 그렇게 한두 마디 나눈 옆자리 사람과 명함 주고받고, 두세 번 더 마주쳐 얼굴이 익혀지면 그게 인연이 되는 것입니다.

제 지인 중에는 과거 저의 팬이었던 이들이 꽤 있습니다. 그들이 제 팬임을 자처하며 성큼 다가와서 친구가 된 것은 아

47

1부 외로움

닙니다. 잘 모르는 사람과 인연을 잇는 것은 꽤나 위험한 일이기 때문에 그렇게 다가오는 사람일수록 우리는 뒷걸음질 치게 됩니다. 긴 시간을 거쳐 여러 장소에서 그들을 마주치고 소개를 받고 낯을 익히면서 자연스럽게 가까워진 것입니다. 누군가의 얼굴을 자주 볼수록 우리는 그 사람을 '안전한 사람'이라고 느끼게 되지요. 인맥이란 대개 그런 식으로 만들어집니다.

인맥의 위력을 맛보고 나서 사람을 자산으로 보고 욕심이나 독점욕을 보이는 사람을 보게 됩니다. 그래서 마치 돈처럼 축적하기 좋아하고 유출되는 것에 예민합니다. '내 사람'의 영역에 들어오는 사람들을 수집하며 자신이 소개해 준 사람들이 따로 지인이 되는 것을 질색하지요. 그러나 관계가 돈이라면 그게 흐르기도 해야 제 몫을 한다는 것도 생각할 수 있어야 합니다. 능력 있는 사람을 안다면 그를 필요로 하는 또 다른 누군가를 소개해 주는 식으로 인맥을 흐르게 해야 나도 계속 좋은 사람을 만날 수 있습니다. 인맥에 욕심을 부리면 노력은 노력대로 쏟고 혼자만 상처받게 되는 상황을 자주 만나게 됩니다.

물론 관계에서 매개가 된 사람에 대한 최소한의 예의는

지켜야 합니다. 일단 소개해 주었으면 그때부터는 두 사람만의 문제 아닌가 싶기도 하겠지만, 연결고리가 된 사람 입장에서는 감정이 다를 수 있습니다. 사람을 소개한다는 것은 자신의 신용을 걸고 위험부담을 감수하는 일이기 때문입니다. 초반에는 소개해 준 사람에게 따로 만난다고 알리거나 양해를 구하는 것이 좋습니다. 인맥 수집가들은 할 만큼 했는데도 자신의 인맥이 곁가지를 치는 것을 용납하지 못하는 사람들이지요.

돈도 관계도 근시안적인 집착 때문에 더 멀어지는 건 흔한 일입니다.

몇 년 전 저는 제 팬카페로 시작된 인터넷 카페를 양도받아 〈어른성장학교〉를 직접 운영하게 되었습니다. 경험 없는 일이 막막해 대형 커뮤니티를 운영하는 지인에게 조언을 구했습니다. 그가 가장 먼저 해 준 말은 '사람들이 카페를 찾아올 이유를 만들라'는 것이었습니다. 저는 한참 동안 그 말을 곱씹었던 기억이 납니다. 왜 사람들이 여길 접속해 들어와야 할까를 명확히 생각해 본 적이 없었던 것이었습니다.

인맥을 간절히 원하는 사람들은 '연결' 그 자체에만 관심이 있는 경우가 많습니다. 하지만 나 자신이 만나야 할 이유가 있는 사람이 아니라면 연결 자체는 의미가 없습니다. 단순한 만남이 인맥으로 연결되기는 어렵기 때문입니다. 그래서 저는 인맥을 원한다면 먼저 자기 자신에게 관심을 가지고 만날 가치가 있는 사람이 되어 나가는 게 가장 중요하다고 생각합니다. 만나야 할 이유가 있는 사람이 되면 힘들이지 않아도 인맥이 만들어집니다.

이 말이 모순으로 들릴 수도 있다는 것은 저도 알고 있습니다. 성공하기 위해 인맥을 만들고 싶은데 인맥을 만들려면 성공부터 하라는 것 아니냐 되묻고 싶을 수도 있습니다. 하지만 사람들이 다른 사람들에게 기대하는 면은 생각보다 다양합니다. 겉보기 성공이 그 기대의 전부는 아닙니다. 만나면 이야기를 깊게 잘 들어주는 사람, 어떤 분야에 관심이 많아 정보도 많은 사람, 엉뚱한 면이 있어서 웃기는 사람, 삶에 대한 태도가 멋져서 본받고 싶은 사람, 독특한 분야에서 일을 하는 사람, 긍정적이어서 만나면 기분 좋은 사람... 사람들이 자신의 소중한 시간을 내어 타인을 만나고 싶은 이유는 다 다릅니다. 그런데 의외로 그 이유가 '돈'이 되기는 어렵습니다.

빈곤이 관계의 장애가 될 이유는 있지만 그렇다고 해서 재력이 만나고 싶은 이유가 되지는 않습니다. 따지고 보면 타인의 부 자체는 딱히 나에게 좋을 이유가 없습니다. 그가 자신의 부를 정보나 인맥 등 다른 구체적인 이익으로 파생시키는 사람이 아니라면 부자라는 이유만으로 만나고 싶지는 않습니다.

자기 세계가 뚜렷한 사람이 되면 아직 구체적인 성과가 나타나기 전이라도 여러분을 만나고 싶어 하는 사람이 점점 늘어납니다. 그렇게 인맥과 자신의 강점이 서로 영향을 주면서 계단식으로 성장해 나가게 되는 것이지요.

자기 자신을 연구하며 강점을 발굴하면서 사람들에게 좀 더 다정해지려고 노력한다면, 사람을 통해 오는 기회를 잡을 줄 아는 사람이 될 수 있을 것입니다.

* 인맥 좋은 사람이 되는 법
1. 배울 점 있는 사람을 만나되 일단 만남이 시작되면 진심을 다하세요
2. 사람 만나는 자리에 자주 나가겠다고 생각하세요
3. 인맥에 대한 욕심을 버리고 흐르게 하세요
4. 사람들이 나를 만날 이유를 만들어 보세요

대화, 쓸데없는 이야기를 해도
괜찮습니다

요즘 저의 주된 대화 상대는 집 근처에 사는 회사 동료입니다. 그와 거의 매일 함께 식사를 하며 이야기를 하게 되는데 그 내용이 참 편협합니다. 각자 삶에 대한 내용은 없고 자꾸 다른 사람들 이야기를 하게 됩니다. 그 내용마저 불평불만이라 실컷 대화를 나눈 후에도 기분이 좋지 않습니다.

화제를 바꾸고 싶어서 남 이야기, 부정적인 이야기는 하지 말자고 결심했더니 그때부터 할 말이 없어지더군요. 도대체 다른 사람들은 만나면 서로 무슨 이야기를 하며 사는 걸까요? 다들 가까운 관계를 맺으며 끊임없이 대화를 이어 나가는 게 신기하기만 합니다.

사람들은 대부분 마음 편한 누군가와 오순도순 대화를 나누는 상황을 좋아합니다. 하지만 그런 장면은 막연한 로망일 뿐 막상 사람들을 만나면 할 말이 없어 난감해하는 경우가 많습니다. 화제가 마땅치 않아 실없는 말을 몇 번 주고받고 헤어지면 시간 낭비였다고 관계 자체에 회의감을 느끼기도 합니다. 하지만 사람들 사이의 만남이라는 것이 알짜 정보를 얻거나 큰 깨달음을 얻거나 박장대소하게 웃겨야만 의미가 있는 것일까요?

저는 사람들을 만나 대화를 나누는 것이 마음의 걷기 운동과 같은 것이라고 생각합니다. 일상적인 걷기는 눈에 띄게 효과가 있는 '제대로 된' 운동이 아닙니다. 체력이 느는 것도 아니고 다이어트나 근력 키우기에 효험이 있는 것도 아닙니다. 당장 밖에 나가 한 시간 걷는 것보다 소파에 누워 스마트폰을 들여다보는 게 더 재미있고 의미 있는 것으로 느껴질 정도입니다. 하지만 걷기 운동의 힘은 하지 않을 때 위력을 드러냅니다.

저는 성격이 정적인 데다가 체력도 좋지 않아 움직이는 것을 싫어했습니다. 한창 책 원고를 많이 쓰던 시절에는 몇 주동안 밖에 나가지 않고 집에서 일하며 지내기 일쑤였습니다. 그러다 쉴 때는 하루 종일 침대에서 꼼짝하지 않고 누워 있었고요. 그렇게 많은 시간을 지낸 후 제가 치른 대가는 다시 떠올리기도 싫습니다. 한두 가지로는 좁혀 말할 수 없을 정도로 많은 병을 앓아야 했고 일상생활로 복귀하는 데에 훨씬 더 긴 시간이 지나야 했습니다. 그 회복 과정에서 가장 도움이 된 게 걷기 운동이었습니다.

사람과 만나 소통하는 일은 언뜻 피곤하고 의미 없어 보이지만 너무 오래 쉬게 되면 정서적 부작용이 옵니다. 그래서 그 자체로도 의미가 있는 것입니다. 누군가를 만나도 대화거리가 없어 곤란하다면 대화의 결과나 질에 부담을 느끼고 있는 것은 아닌지 생각해 보아야 합니다.

치기 어린 대학 시절, 저는 친구들과도 의미 있는 대화를 해야 한다고 믿었습니다. 대학가에 정치적인 부채감이 있던 시대라 정치, 사회, 문학, 영화 등이 자주 화제에 올랐습니다. 그 무렵 또래 다른 집단에서 하는 대화를 들을 때 화장품, 남자, 연예인 이야기만 하는 것을 보고 한심해했던 기억이 납니다. 지금은 친구들과 만나면 그보다 훨씬 한심한 이야기를 즐겁게 하며 시간을 보냅니다. 많은 단계를 거쳐 돌아보니,

친구란 원래 만나서 쓸데없는 이야기를 하는 관계입니다.

얼마 전 어느 SNS 운영사에서 사람들이 메신저로 대화할 때 가장 많이 쓰는 이모티콘 검색어 순위를 공개한 적이 있습니다. 기사 제목을 보자마자 궁금해 상세 기사를 클릭한 저는 웃음을 터뜨렸습니다. 20대가 가장 많이 써넣은 단어는 바로 '똥'이었습니다. 전 세대를 통틀어 친구들과 가장 잦은 소통을 하는 20대들은 그야말로 아무 말이나 주고받습니다.

너무 효율적인 일상을 사는 어른이라면 편한 관계에서는 긴장을 푼 대화를 할 수 있다고 생각하시는 게 좋겠습니다. 오히려 이렇게 생각을 바꾸면 의미가 닿는 화제도 늘어납니다.

좀 더 형식 있는 만남에서는 가장 쉽게 대화를 이어 나갈 수 있는 화제가 '추천'인 것으로 보입니다. 예를 들어 고객사에 미팅 나갔다가 대기 시간에 가볍게 대화를 해야 한다면 '전에 이 근처에 살았었다, 뒷골목에 엄청난 국밥 맛집이 있다' 정도의 화제는 참 적절합니다. 이런 정보가 대화 상대에게 실질적으로 도움이 되는가는 중요하지 않습니다. 이야기를 듣는 사람들도 비슷한 경험을 끌어와 대화가 활기 있게 이어지기에 좋은 소재라서 권하는 것입니다. 단, 이런 경우 추

너무 효율적인 일상을 사는 어른이라면
편한 관계에서는 긴장을 푼 대화를 할 수 있다고
생각하시는 게 좋겠습니다.
오히려 이렇게 생각을 바꾸면 의미가 닿는
화제도 늘어납니다.

천을 이야깃거리로만 사용해야지 진지하게 정보 과시나 강요가 되면 곤란합니다. 여행 한 번 가볼까 말을 꺼내 본 사람에게 '마드리드에 가시면 여기를 가 보세요.' '미국 동부에서는 이런 문화가 있어요.' 하는 과시성 정보가 줄줄이 쏟아진다면 괜한 말을 꺼냈다 싶겠지요.

　추천을 화제로 사용하려면 다양한 경험도 필요하니 경제적 여유가 있어야 하는 것 아니냐고 생각하기 쉽지만 그렇지만은 않습니다. 같은 경험을 하더라도 그것을 음미해 내 것으로 만드는 사람이 있고 그냥 지나쳐버리는 사람이 있습니다. 누군가 마트표 막걸리, 뭐가 맛있냐는 물음에 모든 막걸리 음주가들이 다 대답을 할 수 있는 건 아닙니다. 손 가는 대로 마셔 보고 잊는 사람이 있는가 하면 자신만의 경험으로 소화해 기억해 두는 사람도 있습니다. 똑같은 장소로 여행을 갔는데 어떤 사람은 그 나라 볼 거 하나도 없더라고 불평인 사람도 있고, 그 나라만의 매력을 발견해 즐기는 사람도 있습니다. 같은 경험을 더 밀도 있게 해석하고 자신만의 시각을 발전시켜 나가는 사람은 콘텐츠가 있는 사람일 가능성이 높습니다. 콘텐츠가 있는 사람은 대화할 때 재미있습니다. 이런 이들은 항상 이야깃거리가 마르지 않는 사람이 됩니다.

주기적으로 만나는 사람들과는 특정 활동을 함께 해 보는 것도 좋습니다. 공통 화제를 만드는 가장 쉬운 일이 뭔가를 같이 하는 것입니다. 비즈니스에 골프가 필수라는 말이 있는 것도 이런 면에서는 일리 있습니다. 아무 말이나 할 수 있는 가까운 관계가 아니라도 라운딩 중에는 이야깃거리가 끊기지 않으니까요.

사람들은 서로 정면으로 마주 볼 때 심리적으로 부담을 느낍니다. 그래서 마주 보고 앉을 때도 대각선으로 앉는 게 보다 대화할 때 편하다고 권장되곤 합니다. 하지만 대화하기에 가장 좋은 것은 대화하는 사람들이 제3의 대상을 같이 보는 구도입니다. 드라이브할 때 운전석과 조수석에 나란히 앉게 되면 대화가 쉽게 풀립니다. 이런 구도를 '삼각 대화법'이라고 하는데 골프 등의 활동을 함께하는 것도 여기에 해당됩니다.

사연에서처럼 자주 만나는 직장 동료와 영화라도 한 편 보게 되면 어떤 일이 일어날까요? 그 영화의 내용과 뒷이야기, 네티즌 반응 등 그 일 하나만으로도 소재가 엄청나게 생깁니다. 거기에 앞으로 공통 경험이 축적되기라도 하면 이전 경험과 시너지가 일어나 계속 화젯거리가 늘어납니다. 매일 함께하는 식사도 '맛집 도장 깨기' 같은 이벤트로 만들어 공통 경험으로 만든다면 또 화젯거리가 생길 것입니다.

저는 공통 관심사가 있는 동호회 등에서 교류하는 걸 권하곤 하는데, 그 만남이 좀 더 깊은 관계로 발전되지 않아 의미 없다고 느낀다는 이들이 많았습니다. 하지만 이 부분에서도 관점에 아쉬움이 느껴집니다. 공통 관심사를 가진 사람들과 관심 있는 주제로 대화하는 시간 그 자체만으로도 의미 있는 것입니다.

대화할 때 상대방에 대한 질문거리를 생각해 보는 것도 좋습니다. 사실 사람들은 자신에 대해 이야기하는 것을 좋아합니다. 단지 그 말의 후폭풍이 두려운 것입니다. 그래서 상대방이 적당히 안전하게 대답해 줄 수 있는 내용을 짚어 질문을 하면 화기애애한 분위기에서 대화가 잘 이어집니다. 하지만 적절한 질문을 하려면 상대방에게 관심이 있어야 합니다. 그래서 대화할 때 할 말이 없다는 이들은 대개 대화 상대에게 관심이 없는 경우가 많습니다.

만약 누군가와 식사를 하다가 그가 채식주의자라는 걸 알게 된 상황일 때, 함께 먹을 수 있는 음식이 없어 짜증 난다, 까탈스러워 보인다는 생각에 그친다면 그 사람에게 관심이 없는 것입니다. 하지만 그 사람의 신념이나 취향일 수 있는 채식에 흥미를 가지고 질문을 한다면 어떨까요? 저는 채식을 하는 사람에게 '채식하시면 파전에 막걸리 마시면 딱이겠네요.'라고 말하고 한참을 그것을 주제로 유쾌하게 대화를 이어나간 기억이 있습니다.

할 말이 없다는 건 넓게 보면 세상 모든 것에 관심이 없다는 뜻일 수도 있습니다. 자신에게 관심이 많은 사람은 나르시시즘으로 비치는 일방적인 대화라도 할 말은 많고, 상대방에게 관심이 있으면 질문을 통해 소재가 나오고, 사회에 관심이 있으면 정보성 소재가 넘쳐납니다. 그래서 대화를 잘하고 화제가 끊이지 않는 사람은 호기심이 있는 사람입니다.

* **대화할 때 소재 발굴하는 법**
1. 친구 사이에는 쓸데없는 말 해도 된다고 생각하기
2. 상대에게 추천할 수 있는 경험 만들어 콘텐츠 있는 사람 되기
3. 상대방과 특정 활동 함께 하기
4. 상대방에게 호기심을 가지고 적절한 질문 생각해 보기

남인숙의 어른수업

친구가 단 한 명도 없는
삶을 살아도 괜찮을까?

저는 서른을 앞둔 직장인입니다. 얼마 전 생일이 지났는데 아무도 챙겨주는 사람이 없어 문득 제 인생에 대해 생각하게 되었습니다. 비슷한 시기에 생일을 맞은 직장 동료를 보니 생일 전후해서 무척 바쁘더라고요. 하루도 빠짐없이 잡히는 약속, 몇 번이고 열리는 생일 파티, 수십 개나 날아온 기프티콘 등 모든 것이 저의 생일과 달랐습니다.

제게는 친구라고 할 만한 사람이 단 한 명도 없습니다. 계약직을 전전하는 불안정한 생활에 친구 관계를 만들고 유지할 여유가 없다고 느낍니다. 제가 매력이 없는지 저절로 친구가 생기지도 않고요. 하지만 요즘은 이렇게 사는 게 맞나 싶습니다.

혼자가 홀가분하고 편하긴 하지만 외롭기도 해서 남자 친구를 만
들어야겠다는 생각도 해 보았지만, 이것도 마음대로 되지 않습니다.
저는 어떻게 살아야 할까요?

관계의 문제는 대개 자아의 문제입니다. 지금의 환경에서
만 어려움을 느낀다면 '나쁜 타인'의 탓일 수 있지만 같은 문
제가 환경이 바뀌어도 지속된다면 자신을 들여다보아야 합
니다. 관계를 막는 선입견이나 태도를 가지고 있지는 않은지
자신을 들여다볼 필요가 있습니다.

친구가 없다고 고민하는 이들의 공통점 중 하나는 친구를
'영혼의 동반자' 쯤으로 본다는 것입니다. 늘 외로움을 타던
어린 시절의 저도 그랬습니다. 〈지란지교를 꿈꾸며〉라는 시
를 몇 번이나 읽으며 언젠가 저와 꼭 맞는 친구를 만나기를
바랐습니다. 저는 정말로 서로를 위해 대신 죽어주는 것쯤은
해줄 수 있는 친구를 꿈꾸었던 것 같습니다. 아마 공동체 안
에서만 살아남을 수 있었던 근대 이전까지의 가치관을 문학
이나 사회 환경을 통해 주입받은 탓이겠지요.

제가 가장 기묘하다고 생각하는 민담이 하나 있습니다.

어느 부자의 아들이 돈을 써가면서 많은 친구를 사귀었습니다. 그런 태도가 못마땅했던 아버지는 아들에게 내기를 하나 걸었습니다. 아들의 친구 중 진정한 친구가 있는지 알아보자면서요. 아들은 죽은 돼지를 지게에 지고 친구들을 찾아가 자신이 사람을 죽였으니 도와달라고 했지만, 모두에게 문전박대를 당했습니다. 아버지는 자기 차례가 되자, 같은 상황을 연출해 단 한 사람의 친우를 찾아갔고 그 친구는 두말하지 않고 아버지를 집안으로 맞아들였습니다. 이후 아들은 크게 깨닫고 교우 관계를 정리했다는 것으로 이야기는 마무리됩니다.

어릴 때는 이 이야기를 읽고 이런 게 참 우정이라는 데에 동의했지만, 관계에 대해 현실적인 이해를 하게 되면서 이런 '우정 신화'가 관계를 힘들게 만든다는 걸 알게 되었습니다. 살인범의 공범 정도는 되어주어야 진짜 우정이라니, 그런 관계만을 친구라고 할 수 있다면 우리 중 친구를 가질 수 있는 사람은 범죄에 익숙한 지하 세계 사람이거나, 희생에 강박을 가진 '서번트 신드롬' 환자 정도가 아닐까요?

통째로 인생을 공개하고 시간을 온전히 공유할 수 있는 관계만 친구라고 생각하게 되면 그 정도까지는 아닌 사람들과 보냈던 시간을 후회하게 됩니다. 그들과 함께 썼던 시간, 밥값, 술값이 아깝다면서요. 그리고 친구들에게 과도하게 친밀한 관계를 요구해 멀어지거나, 처음부터 타인과 관계 맺기를 거부하기도 합니다.

친구란 그냥 '만나서 시간을 쓰고 싶은 사람'입니다. 인생에서 시간은 가장 소중한 것인데 그걸 뚜렷한 이득도 없이 만나서 소진하고 싶은 마음이 드는 사람입니다. 상대방의 모든 면을 다 좋아할 필요도 없습니다. 그럴 수도 없고요. 한두 가지라도 마음에 드는 면이 있고 나머지 단점이 내게 크게 거슬리지 않는다면 친구가 될 수 있습니다. 선입견과는 달리 이런 정도의 관계만으로도 인생은 충분히 살 만해집니다.

사연 안에서의 동료처럼 생일에 챙겨주는 사람이 많은 이들은 관계를 보다 가볍게 맺는 사람인 경우가 많습니다. 틀림없이 받는 것보다 훨씬 많이 베풀 것이고, 겨우 얼굴이나 아는 정도의 관계로 선물을 보내온 사람도 있을 것입니다. 그런 식으로 관계를 맺는 것은 사람에 따라서 굉장히 피곤할 수도 있습니다. 따라서 그 사람이 선택한 삶의 태도라고 생각하면 될 뿐 부러워할 필요는 없습니다.

의외로 관계는 지능과 밀접한 관계가 있습니다. 우리가 보통 알고 있는 IQ가 아닌 다중지능이라는 개념으로 접근해야 이것을 이해할 수 있습니다. 다중지능은 하버드 교수이자 심리학자인 하워드 가드너가 주창한 개념으로, '신체운동 지능', '언어지능', '대인관계 지능', '논리수학 지능', '자기 이해 지능' 등 여러 면에서 사람의 지능에 접근하는 방식입니다. 말만으로도 짐작되듯 스포츠 선수는 '신체운동 지능'이 높게 나오고, 작가나 아나운서 같은 사람들은 '언어지능'이 높게 측정되는 게 보통입니다. 관계가 좋아지려면 '대인관계 지능'이 높은 게 유리할 것으로 짐작됩니다. 하지만 여기서 꼭 알아두어야 할 것이 하나 있습니다. 자기 분야에서 성공한 사람들은 공통적으로 예외 없이 높은 지능이 있다라는 것입니다. 바로 '자기 이해 지능' 혹은 '자기 성찰 지능'이라고 부르는 것입니다.

자기 이해 지능이란 자신을 정확하게 지각하고 인생 계획을 조절할 수 있는 능력입니다. 이게 없으면 다른 지능이 아무리 높아도 제대로 발휘될 수 없는 것이지요. 마찬가지로 대인관계 지능이 높아 관계에서 매력을 발휘할 수 있는 사람이라고 해도 자신을 이해하고 조절할 능력이 부족하면 제대로 된 관계 맺기가 어렵다는 의미입니다. 그래서 관계 맺기에 깊은 어려움을 느낀다면 요란한 관계 기술을 익히는 것보다 '나'를 공부하는 게 먼저입니다. 이건 인생의 어느 시기에 시작해도 늦지 않습니다. 다만, 자기 이해 지능을 높이는 노력은 근육을 키우는 운동과 같아서 꾸준히, 그리고 평생 해 주어야합니다. 막막해 보이는 말이지만 다른 관점에서 희망적입니다. 타고나기도 하고 성장환경에서 저절로 주어지기도 하지만, 노력하면 근육처럼 키울 수도 있다는 의미니까요.

자기 이해 지능을 높이려면 경험과 성찰, 두 가지가 필요합니다. 둘 중 하나가 아니라 두 가지가 동시에 필요합니다. 살면서 작은 것이라도 여러 경험을 해보려 애쓰고 그 경험 앞에서 느끼고 행동하는 자신을 관찰해 보는 습관을 들입니다.

한 신입사원은 회사에서 회계 업무에 지원해 일을 하는데자꾸 실수를 했습니다. 노력을 해도 같은 일이 반복되었습니다. 그러다 회사 패밀리 세일 행사에 지원 나가 주말 동안 일해 봤더니 판매와 설득을 자연스럽게 잘하는 자신의 모습을 발견하게 되었습니다. 그는 사실 숫자와 꼼꼼함에는 약하지만 영업에 소질이 있었던 것이지요. 이후 직무를 바꾸면서 자기 효능감을 느끼며 일을 할 수 있었습니다.

한두 가지라도 마음이 드는 면이 있고
나머지 단점이 내게 크게 거슬러지 않는다면
친구가 될 수 있습니다.

여기서 영업 행사에 자원한 경험과, 그 경험이 '쓸데없는 잡무'에 그치지 않도록 그 앞의 자신을 들여다본 성찰 두 가지가 있어서 한 단계 성장이 가능했던 것입니다. 이런 식으로 경험과 성찰이 서로 디딤돌이 되어 자기 이해 지능이 높아지는 것입니다.

우리는 자신을 잘 알고 있다고 생각하지만 그렇지 않습니다. 머릿속의 가정은 언제나 좁은 내 식견 안에서만 떠돌다 가라앉을 뿐입니다. 몸으로 세상을 만나고 공부하는 일은 아무리 계속해도 끝나지 않을 일입니다.

관계에 대한 갈증은 사실 타인에 대한 갈증이 아닙니다. 그래서 없던 관계가 생긴다고 해서 해갈되지 않습니다. 직관적으로 말하자면, 괜찮은 사람으로서 자기 인생을 열심히 살다 보면 자연스럽게 생기는 게 관계입니다. 여기서 우리가 인위적으로 할 수 있는 건 보다 사람들과 자주 마주칠 수 있는 환경으로 옮기는 것 정도입니다. 그래서 관계에서 문제를 느낀다면 자아의 결핍을 살피고 돌보는 게 먼저인 것입니다.

앞서 권한 대로 경험과 성찰을 통해 자기 이해 지능을 높이고, 그렇게 해서 깨닫게 된 것들을 꼭 실천하세요. 그러다 보면 단단해질 곳은 단단해지고 부드러워져야 할 곳은 부드러워져, 필요한 만큼의 관계를 누리는 사람이 될 것입니다.

* 친구 없는 게 고민일 때

1. '친구'에 대한 기준을 낮추어 얕은 관계로도 꾸준히 타인과 소통하기
2. 경험과 성찰로 자기 이해 지능 높이기
3. 관계에 대한 집착 버리고 자신에게 집중하기

인간관계에 목말라하지 않는
사람이 되려면

저는 제가 생각해도 외로움을 참 많이 타는 사람입니다. 항상 사람에 목말라 있어요. 그런데도 막상 사람들을 만나면 불편합니다. 제가 마음에 드는 사람도 저를 좋아해 주는 사람도 없습니다.

전에 어쩌다 친해진 사람들과 잘 지낸 적도 있었지만 제 실수로 정리당하고 지금은 혼자입니다. 독립적인 사람이지만 한편으로는 외로움도 느껴지고, 다른 사람 비위 맞추며 사는 건 귀찮지만 한편으로는 인간관계에 집착하는 면이 있는 저는 어떻게 해야 할까요? 이 마음을 잘 다스려 홀가분하게 살고 싶습니다.

우리는 종종 '독립적'이라는 말과 '관계'라는 말을 대척점에 있는 개념으로 오해하곤 합니다. 이 사연자님처럼요. 독립적이라는 것은 자신의 힘으로 스스로를 책임질 수 있다는 뜻이지 섬처럼 관계에서 멀어져 있는 상태를 의미하는 게 아닙니다. 요즘 흔하게 쓰이는 '경제적인 자유'라는 말이 그리스 시대 견유학파 철학자들처럼 돈 없이도 잘 사는 상태를 말하는 게 아니듯, '관계로부터의 독립'도 필요한 만큼의 관계를 누릴 수 있을 때 성립되는 것이지요.

인간은 생래적으로 혼자 살 수 있는 동물이 아닙니다. 이 걸 납득하려면 만물의 영장이라는 호칭을 스스로 서슴없이 쓸 수 있는 근거가 되는 인간만의 뇌를 이해할 필요가 있습니다.

우리는 그냥 우리가 대단해서 머리가 좋은 거라고 당연하게 생각하지만, 진화의 관점에서 보면 생존만이 목적인 원시 시대에는 이렇게까지 머리가 좋을 필요가 없었습니다. 자연계의 다른 동물들이 그렇듯 힘센 근육이나 속도, 날카로운 발톱이나 이빨, 동체시력 등이 더 쓸모 있었을 것입니다. 이런 것들 대신 그 먹을 것 귀하던 시대에 칼로리의 20퍼센트나 잡아먹는 거대한 뇌를 발달시킨 것은 자연스러운 일이 아닙니다. 아주 가성비 떨어지는 일입니다. 단, 인간이 독립 개체로 생활하는 동물이라는 걸 가정할 경우에만요.

인간이 정교하고 복잡한 소통을 하면서 협업을 하는 건 개체 하나하나의 머리가 좋은 것보다 생존에 더 도움이 되는 일이었습니다. 전략을 세워 크고 힘센 동물을 사냥할 수도 있었고, 멀리 보면 개체가 가진 지식을 공유하고 축적하는 게 가능했으니까요. 지금으로서는 사회성을 위해 지능이 높게 진화했다는 가설이 가장 유력하게 받아들여지고 있습니다.

이렇게 사회성을 위해 진화한 우리의 뇌는 혼자서 고립된 채 사는 상태를 좋아하지 않습니다. 행복이라는 게 따지고 보면 쾌감을 느끼게 하는 각종 호르몬들이 만들어 내는 상태인데, 이것은 생존에 유리한 행동을 할 때 뇌가 주는 일종의 보상입니다. 그래서 우리의 행복이 오래 유지되지 않는 것입니다. 하나의 행동만으로 계속 행복이 유지된다면 그 외 다른 생산적인 활동을 하려 들지 않을 테니까요. 마약 중독자들이 그러듯 말입니다. 우리 뇌의 보상 체계는 다른 사람과 함께할 때 작동하도록 설계되어 있습니다. 우리는 끊임없이 타인에 대해 실망하고 혼자 있어야 행복할 것 같을 때도 많지만 많은 심리학, 뇌과학 연구 결과는 한결같이 타인의 필요성을 가리

킵니다.

사람들은 자기 자신이 이익을 얻을 때보다 다른 사람을 기쁘게 해 주었을 때 몇 배나 강한 감정 쾌락을 느낀다고 합니다. 다른 사람과 대화를 하지 않고 카페 같은 공간에 함께 있는 것만으로도 세로토닌이 분비됩니다. 낯모르는 사람이 손을 잡아주는 것만으로도 실제 통증을 덜 느낀다는 것을 증명한 연구 결과도 있습니다. 심지어 사람이 인간관계 때문에 이토록 상처를 잘 받는 것조차도 그것이 생존만큼이나 중요하다는 방증이라는 해석도 있습니다. 인체가 느끼는 통증은 그 부분을 지키라는 강력한 신호니까요.

관계에 집착하지 않고 자유롭게 사는 '자존형 인간'으로 살기 위해서는 모든 관계에서 무작정 벗어날 게 아니라 잘 관리해야 합니다. 벗어나려고 발버둥 칠수록 다른 한 편으로는 관계에 목말라하게 되어 있는데, 이런 내면적 모순이 삶의 질을 떨어뜨립니다. 평소 적당한 에너지를 투자하면서 적정 관계 수준을 유지해야 인간관계 생각을 덜 하게 됩니다. 그렇다면 자존형 인간들은 구체적으로 어떻게 사람을 대할까요?

자존형 인간들은 타인과 함께 있을 때 다정하고 친절합니다. 하지만 만날 때 말고는 그 사람 생각을 잘 하지 않습니다. 미리 준비한 선물이나 이벤트로 감동을 주려 애쓰기보다는 함께 있는 시간 동안 충분히 관심을 기울이고 배려해 줍니다.

벗어나려고 발버둥 칠수록 다른 한 편으로는

관계에 목말라하게 되어 있는데,

이런 내면적 모순이 삶의 질을 떨어뜨립니다.

평소 적당한 에너지를 투자하면서 적정 관계 수준을

유지해야 인간관계 생각을 덜 하게 됩니다.

'이 사람이 진심으로 나를 대하는구나' 하는 기분을 느끼게 해 줍니다. 그러나 만나는 시간 외에는 자기 삶에만 집중하며 잦은 소통을 요구하지 않기 때문에 사람들이 매력을 느낍니다.

또한 이런 사람들은 관계에 대한 기대치를 높게 두지 않습니다. 인간관계에 대한 갈증이 큰 사람들이 대부분 하는 고민이 '관계가 깊어지지 않는다'는 것입니다. 말로는 얕은 관계만이라도 괜찮다고 하지만 실제 원하는 수준을 보면 그렇지가 않습니다.

"저는 많은 것을 바라지는 않습니다. 그저 힘들 때 술잔이나 함께 기울일 수 있는 사람이 있으면 좋겠어요."

"답답할 때 속 이야기를 나눌 수 있는 친구면 됩니다."

이렇게 말하는 경우가 흔하지만 다름 아닌 그게 바로 깊은 관계입니다. 인생의 괴로움이나 속 이야기를 나누어야 꼭 진짜 친구가 될 수 있는 것은 아닙니다. 설혹 그게 맞다고 해도 '진짜 친구'여야만 함께 보내는 시간이 가치 있는 것도 아닙니다. 그런 관념이 오히려 관계의 장벽이 된다는 걸 모르는 사람이 너무나 많습니다. 자존형 인간들은 얕은 관계에서도 만족감을 얻기 때문에 아쉬움도 없습니다. 예를 들어 독서 모임에서 누군가를 알게 되었다면 만나는 동안 관심사인 책 이야기를 하면서 즐거운 시간을 보낸 것으로 만족하면 됩니다. 거기서 평생 갈 만한 친구를 못 만났다고 만남이 의미 없어지는 게 아닙니다.

자존형 인간은 관계에서 좋은 것을 더 해주기보다는 실수를 덜 하는 데에 마음의 에너지를 더 씁니다. 우리는 누군가에게 잘해주는 게 관계에 좋은 태도라고 생각하지만 실은 상대에게 상처와 실망을 주는 실수를 최소한으로 하는 게 훨씬 더 중요합니다. 혼자 있는 시간에는 자유롭게 쉬면서 이완된 상태를 즐기더라도, 타인과 함께할 때는 신경을 써서 하지 말아야 할 일을 하지 않도록 주의를 기울여야 합니다. 안 해도 될 말을 하는 사람, 인색하게 구는 사람, 습관적으로 지각해서 상대를 화나게 하는 사람들은 불필요하게 감정의 빚을 져 관계를 복잡하게 만들곤 합니다. 관계에 의존적인 사람일수록 상대에게 무언가를 주어서 환심을 사려고 하면서도 다른 한편으로는 기분을 상하게 하는 경우를 자주 보게 됩니다. 어차피 한정된 에너지라면 실수를 안 하는 쪽으로 힘을 쓰는 것이 더 영리한 관계법입니다.

자존형 인간들의 의외의 특징 중 하나는 생각보다 말이 많지 않다는 것입니다. 오히려 관계에 목마른 사람들이 사람들을 만나면 한꺼번에 쏟아내듯 말을 하는 경우가 더 많습니다.

그렇게 말하는 방식이 관계에서 고립이 일어나는 원인이자 결과가 됩니다. 상대를 고려하지 않는 화법 때문에 사람들이 경계하는 대상이 되고, 그렇게 고립되는 시간이 많아질수록 점점 적절하게 말하는 법을 잊어버리는 식이지요. 자존형 인간들은 말수가 많지는 않아도 소통이 잘 됩니다.

어찌 보면 자존형 인간들은 관계에 있어서도 현재에 중심을 두는 태도를 가진 듯합니다. 과거나 미래에 집착하지 않고 '지금' 함께 있는 사람과 좋은 시간을 보내는 것 자체를 즐길 때 멀지도 가깝지도 않은 관계의 거리를 가늠할 수 있으니까요.

✱ 관계에서 자유로운 자존형 인간 되기

1. 사람들과 함께 있는 시간에 잘해 주고 다른 시간엔 생각하지 않습니다
2. 깊은 관계만을 고집하지 않습니다
3. 무언가를 잘해주기보다는 실수를 덜 하기 위해 노력합니다
4. 사람들과 적절한 방식으로 소통합니다

다른 사람들이 서로를 어떻게 대하는지 관찰하고

내 것으로 만들어 따라 해 보는 것도 좋습니다.

이런 노력이 반복되고 쌓이면 다른 사람의 감정을 읽거나

태도를 정하는 일이 직관적으로 이루어지지 않더라도 충분히

괜찮은 사회적 태도를 익힐 수 있습니다.

2부

나만의 진심

상처받은 아이로 자라
이상한 어른이 되었다면?

저는 어릴 때 부모님이 맞벌이하셔서 여기저기 맡겨지며 눈칫밥을 먹었습니다. 가정에 소홀하고 성격도 나빴던 아버지 때문에 어머니는 심한 우울증에 시달리셨습니다. 그래서 주변에 의지할 사람이 하나도 없었습니다.

이 때문인지 학창 시절에도 아이들과 공감대 형성이 어려웠고 지금까지도 대인관계에 어려움을 겪고 있습니다. 이제 부모님들도 전보다 여유가 생겨서 제게 다가오시지만 어쩐 일인지 자꾸 밀어내게 됩니다. 어린 시절의 애정결핍이 문제인 것 같지만, 방법이 찾아지지 않습니다. 정신과에 가야 할 것 같지만 그래도 의견을 듣고 싶습니다.

상담심리학에서 '내면 아이'라고 부르는 자아의 문제입니다. 사람은 어린 시절에 깊은 상처를 받으면 그 부분에 한해서 성장이 멈춰버린다고 합니다. 사랑을 주고받을 줄 아는 여러분의 마음은 어쩌면 일곱 살일 수도, 열한 살일 수도 있습니다. 이런 내면 아이를 다독이고 놓아주고 비로소 뒤늦은 성장을 할 수 있는 건 참 어려운 일이지만, 우리 모두는 어찌어찌 그 아이와 함께 잘 살아낼 수도 있습니다.

여기서 심리학자나 상담가가 아닌 덕에 더 통합적인 시선을 가진 제가 할 수 있는 이야기가 있습니다. 성장이 멈춰버린 내 자아를 위해서 노력을 하고 싶다면 큰 틀에서 선택을 해야 합니다.

먼저 이런 경우에 대개는 심리 상담을 권유받습니다. 전적으로 심리적 문제이니 심리 상담을 먼저 떠올리는 건 꽤 합리적입니다. 사연자님이 정신과에 가야 할 것 같다고 말씀하셨지만, 이런 문제를 안고 병원을 방문하면 자칫 당황하거나 실망하실 수도 있습니다. 이제 '정신건강의학과'라고 부르는, 신경정신과 전문의를 만날 수 있는 병원에서는 보통 우리가 기대하는 마음의 문제를 다루지 않습니다. 오히려 심리학에서 다루는 관점을 비과학적인 것으로 보기도 합니다. 주변에서 쉽게 만날 수 있는 병원에서는 약물을 통한 치료를 주로 받게 됩니다. 하지만 많은 질병이 그렇듯 마음의 병도 약으로만 다스려지지는 않지요. 예를 들어 우울증 약은 본래의 우울감을 최대 20% 정도 줄여준다고 합니다. 나머지 80%는 스스로 삶을 통해 해결법을 찾아야 합니다. 여기서 그 80% 영역 안에서 권하는 것 중 하나가 심리 치료인 것이지요.

'심리 상담 한 번 받아 봐.'

이런 권유를 어디에서나 쉽게 받지만, 상담이 효과를 보기 위해서는 먼저 상담이 어떤 것인지에 대한 이해가 필요합니다.

어린 시절의 문제까지 소급해 올라가서 그 뿌리를 뽑는 과정이 생각만큼 만만치 않습니다. 우선 비용의 문제를 무시할 수 없습니다. 한 시간 상담과 하루 일당을 바꾸는 셈인데, 이게 한두 번으로 끝나는 일이 아닙니다. 수년을 거쳐 자신도 모르게 천천히 바뀌는 식이라는 걸 미리 알지 않으면, 보람 없는 돈 낭비라는 불평만 하고 상담소에 발길을 끊기 십상입니다.

경제적 여유가 있다고 해서 무조건 해결되는 것도 아닙니다. 우리는 심리 상담을 명상이나 최면, 스파를 떠올리며

다른 사람들이 서로를 어떻게 대하는지 관찰하고
내 것으로 만들어 따라 해 보는 것도 좋습니다.
이런 노력이 반복되고 쌓이면 다른 사람의 감정을 읽거나
태도를 정하는 일이 직관적으로 이루어지지 않더라도
충분히 괜찮은 사회적 태도를 익힐 수 있습니다.

편한 휴식 정도로 생각하는 경우가 많습니다. 내가 하고 싶
은 말을 다 들어주고 좋은 말 듣고 마음이 후련해져서 상담
소를 나오는 장면을 기대하지요. 그러나 내면 아이를 끌어
내고 성장시키는 과정은 그런 게 아닙니다. 오히려 전쟁과
같습니다. 어린 시절 기억으로 돌아가 상처를 대면하는 건
몹시 고통스러운 일이기 때문입니다. 누구나 떠올리고 싶
지 않은 괴로운 기억이나 상처가 있습니다. 심리 치료는 그
냥 기억 아래로 묻어두면 그런대로 편하게 살게 될 기억을
헤집어서 들여다보는 작업입니다. 내담자는 이 과정이 고통
스럽기 때문에 저항을 할 수밖에 없는데 상담자는 그런 상

담자를 이끌어내야 하니 서로가 힘듭니다. 그래서 상담자와 내담자가 싸우거나 사이가 틀어지는 일도 생깁니다. 이런 이유에서 인지 심리 상담사들은 지인들을 직접 상담하지 않습니다. 심리 상담은 좋은 상담 선생님만 찾으면 모두 끝나는 간편한 만능 키가 아닙니다. 스스로를 치유하고 싶은 의지와 각오, 상담에 대한 이해가 어느 정도는 뒷받침되어야 합니다.

좋은 심리상담사를 만난다는 전제 하에 심리상담은 분명 도움이 됩니다. 하지만 앞서 말씀드린 이유 때문에 모든 사람이 쉽게 접근할 수 있는 방법은 아닙니다. 상담이 유일한 방법이라는 결론이 나오기 전에는 자신의 손으로 자아를 재건한다는 선택지도 있다는 것을 생각해 보시면 좋겠습니다.

사람의 심리적인 문제는 대개 어린 시절의 결핍으로 거슬러 올라갑니다. 그 시기에서 자라지 못하는 어린 자아가 어른이 된 자아 속에서 말썽을 일으키는 것이지요. 그렇다면 그걸 알아차리고 스스로를 성장시키는 건 어떨까요? 다행히 저는 이런 노력을 통해 진짜 어른이 되어 가는 사람들을 많이 목격했습니다.

남인숙의 어른수업

스스로 자라는 사람들의 공통점은 자신의 상태를 잘 인지한다는 것입니다. 인식은 해결의 출발이니 그것만으로도 성장의 반은 이룬 것과 다름없습니다.

사연자님처럼 공감 능력과 소통, 대인관계가 고민이라면 아이가 처음 그런 것들을 배우듯 스스로를 학습시킨다고 생각해 보시는 것도 좋겠습니다. 직관적으로 다른 사람의 기분을 헤아려 배려하는 것이 어렵다면 인공지능이 학습하듯 여러 경우의 답을 입력하면 됩니다.

최첨단 인공지능이 자동차 자율주행을 할 수 있게 하는 방법은 의외로 단순합니다. 바로 사람이 일일이 가르쳐 주는 것입니다. 주행 영상을 보여주면서 '저건 사람이야' '저건 나무야' '저건 빨간색 신호인데 멈추라는 뜻이야'라고 알려 주고 인공지능은 그런 데이터를 차곡차곡 쌓습니다. 이런 데이터가 수없이 쌓여서 나중에 스스로 판단할 수 있게 되는 것입니다. 알고 보면 사람이 뭔가를 배우는 과정도 크게 다르지 않습니다.

공감대 형성이 안 된다면 그와 관련된 책을 많이 읽어서 대인관계 매뉴얼을 만들어 적용해 보고 그 결괏값을 내 안에 저장하는 것입니다. 다른 사람들이 서로를 어떻게 대하는지 관찰하고 내 것으로 만들어 따라 해 보는 것도 좋습니다. 이런 노력이 반복되고 쌓이면 다른 사람의 감정을 읽거나 태도를 정하는 일이 직관적으로 이루어지지 않더라도 충분히 괜찮은 사회적 태도를 익힐 수 있습니다.

저의 지인 중 어린 시절 어른들의 보살핌을 못 받고 힘들게 자라 성공한 기업가가 있습니다. 그는 재능과 노력으로 나쁜 환경에서 탈출했지만, 타인을 보는 시선에 문제가 있었습니다. 평범한 사람들이 왜 충분히 노력하지 않고 힘들게 사는지에 대한 이해가 없어 타인에게 가혹하게 구는 일이 많았습니다. 그러니 주변 사람들이 독선적이라고 느끼고 멀어지기 일쑤였습니다. 자신의 분야에서 일가를 이루고도 관계에서 괴로움을 느끼던 그는 자신을 돌아보기 시작했습니다. 그리고 그때부터 타인을 이해해 보려고 많은 노력을 했습니다. 그는 관계가 삐걱댈 때마다 상대방과 정성껏 소통을 하고 잘못한 것은 사과하며 태도를 수정해 나갔습니다. 그 일이 계속되니 자신이 원하는 만큼 관계를 누릴 줄 아는 사람으로 변했습니다. 그는 아직도 자신이 공감 능력이 떨어진다고 느끼지만 그게 문제가 되지는 않습니다. 인생에 대한 태도와 반응을 자신의 노력으로 바꾼 사람들은 자아 전체를 뿌리까지 성장시키곤 합니다.

제가 이런 말을 하니 어떤 이들은 이런 과정을 거짓된 억지 선의라며 거부감을 느끼더군요. 고대 그리스의 우화 작가 이솝이 이런 말을 했습니다.

'평생 선한 척하다 들키지 않고 죽으면 그게 바로 선한 것이다.'

천성이 선하거나 어린 시절 사랑을 충분히 받아 저절로 호의가 샘솟아야만 괜찮은 사람인 것은 아닙니다. 어쩌면 우리 모두는 평생 괜찮은 사람인 척 살기 위해 노력하는 것이며 그럴 수 있는 사람을 어른이라고 부르는 것일지도 모릅니다.

* 스스로 '내면 아이' 성장시키는 법

1. 자신의 상태를 정확히 인지하기
2. 학습과 경험을 통해 사회적 태도 익히기
3. 상대방과 정성껏 소통하기

부드럽지만 무시할 수 없게 말하는 법

저는 기가 약하고 웬만하면 양보하면서 인간관계를 하는 30대 직장인입니다. 작가님은 다른 사람의 기분을 상하게 하지 않아야 소통이 잘 된다고 하셨는데 저는 공감이 되지 않습니다. 제가 그 산 증인이기 때문입니다. 사람들은 제가 평소처럼 부드럽게 말하면 귓등으로도 듣지 않습니다. 강하게 화내는 것처럼 말해야 말이 통하는 느낌입니다. 좋게 말해서 들으면 서로 좋지만 부드럽게 말하면 그냥 무시하는 게 사람의 본성이라는 생각이 듭니다.

조금 전에도 거래처에 업무 내용을 전달했는데 그걸 무시하고 안 하고 있다가 전화해서 화를 내니 빨리 해서 보냈더라고요.

사회생활이나 인간관계에서 손해 안 보고 소통을 하려면 무조건 강하게 말해야 하는 것 같은데 이것도 피곤하고 회의감 느껴집니다.

화를 내며 상대방 기분을 긁으며 소통하는 것은 언뜻 내용 전달이 잘 되는 것처럼 보입니다. 어느 정도는 맞는 것이, 사람은 부정적인 내용을 더 잘 인지하고 각인시키기 때문입니다. 문제는 그게 정말 나에게 좋은 일인가, 하는 것입니다.

우리는 실용적으로 사고하는 이성적인 존재 같지만, 사실 사람을 더 강력한 힘으로 움직이는 것은 감정입니다. 잘못 대응했다가 피곤해질 것 같은 사람은 보다 빨리 반응을 얻어낼 수 있을지도 모릅니다. 하지만 이런 사람들은 자신도 모르는 손해를 감수하며 살게 됩니다.

백화점 매장에서였습니다. 한 손님이 직원을 무시하는 말투로 대하더니 왜 할인 상품은 백화점 카드 추가 할인 적용이 안 되냐고 깐깐하게 따져 들었습니다. 그러다 더는 어떻게 할 수 없었는지 결제를 하고 갔습니다. 그런데 같은 매장에서 동시에 물건을 고르던 다른 손님은 푸근한 태도와 말씨로 직원과 소통하다 그가 골라준 물건을 결제하러 카운터로 갔습니다. 그때 직원이 이런 말을 하더군요. 매달 직원 할인 쿠폰이 나오는데 이번 달 자기 몫의 할인을 그 손님을 위해 사용해 주겠다고요. 결과적으로 친절한 손님은 할인받으려 까칠하게 굴던 손님보다 훨씬 싸게 물건을 샀습니다. 아마 까칠한 손님은 자신의 고압적인 태도 덕에 늘 이득을 놓치지 않고 살고 있다고 믿고 있을 것입니다.

거친 말로 자주 타인의 감정을 건드리는 사람들은 보이지 않는 방식으로 일터에서도 서서히 배제되곤 합니다. 반대로 인성이나 실력에 비해 평탄하게 커리어를 유지하는 사람들 중에는 말만이라도 부드럽게 하는 경우가 많습니다. 좋게 말하면 안 듣는다며 늘 남에게 화를 내야 하는 삶은 또 얼마나 피곤한가요. 어느 모로나 부드러우면서도 상대방을 설득할 수 있게 말할 수 있다면, 그게 가장 좋은 일일 것입니다.

누군가를 분명하게 한정해서 호칭하는 것은 알게 모르게 말에 힘을 싣는 일입니다. 영미권에서는 상대방을 부르는 호칭이 비교적 명확하게 정해져 있습니다. 나이나 서열에 상관없이 가까운 관계면 이름을 부르거나 낯선 이 누구에게든 Ma'am, 혹은 Sir.이라고 하면 되는 그들을 보면 그 심플함이 부러울 때도 많습니다. 하지만 우리나라에서 호칭을 고르는 것은 훨씬 예민하고 복잡한 일입니다. 그러다 보니 호칭을 생략하고 용건부터 말하거나, '여기요', '저기요'하고 애매하게 상대방을 부르곤 합니다. 하지만 모든 상황에서 이렇게 호칭을 회피하며 말하면 상대방에게 메시지를 전하는 힘이 떨어집니다. 우리가 어릴 때 부모님이 '남인숙!'하고 성까지 붙인 이름을 또렷하게 부르면 바짝 긴장이 되지 않던가요.

누군가에게 말할 때, 분명하게 한정된 호칭으로 부르고 시작하면 일단 부르는 사람에게 주목하게 되어 있습니다. 호칭이 애매하면 같은 상황에서 최대한 높여 부르는 쪽으로 정해서 자신 있게 부르면 됩니다. 식당에서 종업원인지 사장님인지 헷갈리면 그냥 '사장님!', 병원에서는 누구라도 '선생님' 같은 호칭으로 부르면 적당합니다. 사회에서 직급으로 부르려면 그 사람이 지금까지 올랐던 것 중 가장 높은 직급으로 부르면 됩니다. 업장에서 고객을 대한다면 '고객님'이 가장 무난한 것으로 보입니다. '사장님', '사모님' 등은 존칭 같지만 듣기 불편해하는 사람들도 많습니다. 특히 자녀를 함께 상대하는 일이 아니라면 상대방을 '어머님', '아버님' 등으로 부르는 건 큰 결례가 될 수 있습니다. 만약 호칭이 애매하다면 먼저 '제가 어떻게 불러드리면 될까요?' 하고 물어보는 것도 괜찮은 방법입니다.

이렇게 명확하게 호칭을 부르면서 대화를 시작하면 호명 효과 덕분에 무시할 수 없는 말처럼 들리고 내용 전달도 더 잘 됩니다.

전에 '자존감을 키우기 위해서는 분명하게 의사 표현을 하는 습관을 들여야 한다'는 서면 인터뷰를 한 적이 있습니다. 그때 달린 댓글 중 상당수가 제 말이 버릇없는 태도를 부추긴다는 악플이었습니다. 구체적으로 말해 '싸가지 없다'는 표현이었습니다. 이처럼 우리 사회는 자기 의견을 분명하게 표현하는 것을 무례한 것과 동일시하는 경향이 있습니다. 그래서인지 그러지 말아야 할 상황에서도 의사 표현을 하지 않곤 하지요. 하지만 무례하게 보이지 않기 위해 돌리고 돌려서 의사 표현을 하는 습관이 있는 사람의 말은 무시당하기 쉽습니다. 선명한 의사 표현과 무례함은 분명히 다른 것입니다.

상대방 기분을 거스르지 않으면서 나의 의견을 분명히 전달하는 가장 좋은 방법은 긍정어를 쓰는 것입니다. 만약 직장 동료가 '점심으로 짜장면 어떠세요?' 이렇게 제안할 때 '저는 짜장면 싫어요'라고 부정어로 말한다면 말 한 사람이 무안할 수 있을 것입니다. 하지만 '짜장면 좋지요. 전 오늘 백반이 더 땡기는데 그건 어떠세요?' 하고 긍정어로 말한다면 분명하게 의사 표현을 하면서도 기분 상하지 않게 의견을 전달할 수 있습니다.

단, 이렇게 말할 수 있으려면 자신의 의견이 명확해야 합

다른 사람들이 내 말을 더 잘 들어줬으면 하는
욕구가 있다면 우선 자신의 내면에서 생각을 정리해 놓는
습관을 들여놓는 게 분명 도움이 됩니다.

니다. 누군가가 의견을 말할 때 그 말을 '그건 아니다'라고
부정어로 말하는 건 쉽습니다. 하지만 긍정어로 말할 수 있으
려면 자신의 취향, 감정, 생각 등을 분명히 한정해 놓고 있어
야 합니다. 이쪽에서 뚜렷한 방향이 없다면 내 의견이 저쪽에
서 진지하게 수용되지 않는다고 원망할 수만은 없는 일입니
다. 때문에 다른 사람들이 내 말을 더 잘 들어줬으면 하는 욕
구가 있다면 우선 자신의 내면에서 생각을 정리해 놓는 습관

2부 나만의 진심

을 들여놓는 게 분명 도움이 됩니다.

사람이 대화를 할 때 비언어적 의사소통이 90%를 차지한다는 연구 결과가 있습니다. 우리는 상대방의 말을 듣는 것 같지만 사실은 상대방의 표정, 손짓, 목소리, 분위기 같은 것을 훨씬 더 깊게 받아들이고 있는 것이지요. 비호감이거나 신뢰감 없는 사람이 아무리 맞는 말을 해도 귀에 들어오지 않는 것도 이 때문입니다.

같은 이유로, 사람들이 누군가의 말을 귀담아듣지 않는다면 어투에 문제가 있는 경우가 생각보다 많습니다. 아기 같은 말투를 쓴다든지, 말끝을 흐린다든지, 발음을 뭉개면서 빨리 말하는 습관이 있다면 하루라도 빨리 고쳐야 합니다.

어투를 고치기 위해 따로 전문적인 교육을 받을 필요는 없습니다. 평소 의식하면서 말하는 것만으로도 많이, 그리고 생각보다 빨리 달라집니다. 저는 제 책을 오디오북으로 만들면서 직접 낭독을 한 적이 몇 번 있습니다. 책 한 권을 읽어낸다는 건 예상보다도 힘든 일이었지만, 그 경험 이후로 확연히 발음과 발성이 좋아졌습니다. 이후 유튜브 영상 제작을 할 때 도움이 된 것은 당연한 일이었습니다.

자신이 내는 소리에 집중해 목소리를 맑게 가다듬고 또박또박 발음하려고 해보세요. 흘려 말하는 습관이 있다면 스스로 어색하다 느낄 정도로 또박또박 발음해야 딱 듣기 좋은 경우가 많습니다.

부탁, 사과, 설득을 할 때 이유를 성의껏 말하는 습관을 들이는 것도 좋습니다. 전에 우리나라에서 손꼽는 협상의 달인과 동석을 했습니다. 그가 일로 얽힌 담당자에게 곤란한 문제를 부탁하는 걸 봤는데 제가 보기엔 어림도 없는 일이었습니다. 일면식도 없는 상대에게 자신의 사정을 일일이 설명하는 모습에, '저렇게까지 구구절절 말할 필요 있을까?' 하는 생각이 들었습니다. 그날 저는 그 '구구절절 사연풀이'가 통하는 장면을 목격하게 되었지요.

외국의 심리학 연구에서 이런 실험의 연구 결과를 본 적이 있습니다. '이걸 해 주세요. 왜냐하면 제가 원하기 때문이에요.' 이런 식으로 말하면서 부탁한 그룹과 그냥 부탁을 한 그룹을 대조군으로 해서 부탁을 들어주는 확률을 비교한 것입니다. 앞선 문장을 보면 '왜냐하면'으로 시작하는 문구에는 아무런 의미가 없습니다. 그런데도 사람들은 이유를 설명하는 것처럼 보이는 말에 반응해 훨씬 부탁을 잘 들어주었습니다.

소위 '말발이 잘 먹히는' 사람이 되려면 이런 면을 세심하게 들여다볼 필요가 있습니다. 타인에게 메시지를 전달해 그가 내 바람대로 움직여주기 바란다면 이유를 성실하게 설명하는 습관을 들이면 좋습니다. '이 일을 15일까지 해서 넘겨주세요'라고만 말하는 것보다, '16일에 행사가 시작이어서 15일 오전까지는 꼭 받아봐야 합니다. 부탁합니다'라고 말하는 것이 좋다는 이야기입니다.

* **부드럽지만 분명하게 말하는 방법**
  1. 적절하고 분명한 호칭을 붙여 말하기
  2. 긍정어로 의사 표현하기
  3. 어투 관리하기
  4. 이유를 성의 있게 말하기

진심에는 얼마만큼의
돈이 필요할까?

저한테는 일 년에 두 번 정도 만나는 친한 친구가 있습니다. 각자 남자 친구가 있어서 주말에는 약속을 잘 잡지 않고 주로 제 직장 근처 번화가에서 평일에 만납니다. 제가 직장인이고 그 친구가 프리랜서라 조금이라도 더 길게 보려고 이렇게 하게 되었어요. 친구가 멀리서 저 있는 곳까지 와주니까 항상 제가 밥을 삽니다.

문제는 이 일이 몇 년째 반복되고 저희가 나이를 먹으면서 점점 씀 씀이가 커지고 있습니다. 좋은 곳에서 밥을 먹고 와인 한 잔도 곁들이고 하다 보면 비용이 꽤 나오는데 친구는 한 번도 밥값을 나누어 내려는 기색이 없습니다. 경제적인 부담도 있지만 저 친구가 너무 나한테 인색한 거 아닌가, 그런 기분이 들어서 헤어지고 오면 마음이 썩

좋지 않더라고요. 이런 마음으로 친구를 계속 만나도 되는 건지 혼란스럽습니다.

그 친구가 혹시 저를 호구로 생각하는 건지, 아니면 제가 생각을 바꿔야 할지 궁금합니다.

이제 우리는 어른이 되었기에 돈이 마음이라는 걸 압니다. 나를 만나기 위해 멀리서 오는 친구가 고맙게 여겨지다가도 지갑을 열지 않는 그의 진심에 의구심이 생깁니다. 그런데 그 친구의 계산법이 아예 납득이 되지 않는 것도 아닙니다. 프리랜서로서 시간 조절이 자유로워 매번 와주긴 하지만 그것 역시 공짜는 아니니까요. 기회비용과 차비 등을 생각하면 자신이 많이 양보하는 것이라고 여길 수도 있습니다.

우리 모두는 돈에 초연한 척 하지만 실은 돈처럼 사람을 예민하게 만드는 것도 없습니다. '악마의 책'이라고 불리는 마키아벨리의 〈군주론〉에서조차 '인간은 부모 죽인 원수보다 돈 빼앗아 간 사람을 더 잊지 못한다'라고 하면서 백성의 재산에 손대서는 안 된다고 했습니다.

인색해 보이지 않으면서도 과하지 않게 마음을 표현할 수 있는 선은 어디까지일까요?

우리 대부분은 관계를 맺고 유지할 때 아끼지 않고 베푼다고 생각하면서 돈을 씁니다. 그렇게 하는 것이 어른의 관계 맺기라는 것을 알고 있으니까요. 문제는 그 기준이 사람마다, 또 처해진 입장마다 다 다르다는 것입니다.

사람 머리 안의 계산기는 대개 자기 손해에 더 예민하게 항목 책정을 하기 때문에 자신이 미처 알지 못하는 상대방의 희생이 누락되기 쉽습니다. 그래서 내가 한 사람을 만나서 공평하게 돈을 썼다고 생각한다면 상대방은 자신이 손해 보고 양보했다고 느꼈을 가능성이 높습니다. 그렇다면 정확하게 반반으로 부담하면 되지 않겠냐고요? 그것조차 입장에 따라 감정적인 반반이 아닐 수 있습니다.

'나는 술을 안 마시는데 반반은 불공평하지.'

'나는 술만 마셔서 안주발을 안 세우는데 반반은 불공평하지.'

'나는 수도권 살면서 매번 홍대까지 힘들게 오는데 반반은 불공평하지.'

'나는 다이어트 중이라 조금만 먹는데 반반은 불공평하지.'

자신의 입장에서 반반이 불공평하지 않을 이유는 끝도 없습니다. 애초 기계적인 공평함은 있을 수 없는 게 우리 삶이 기도 하지요.

그래서 관계에서는 내가 좀 더 쓴다, 내가 더 베푼다고 생각하면서 쓰는 게 좋습니다. 7대 3 정도의 비율로 인식하면서 쓰려고 한다면 상대방은 공평하거나 상대가 관대한 편이라고 느끼게 됩니다.

제 경우는 그냥 제가 밥을 사주고 싶은 사람만 만납니다. 이제 시간과 체력이 돈만큼이나 귀해져서 이렇게 되었습니다. 그런데 막상 이렇게 마음을 먹으니 오히려 자연스럽게 심정적인 반반이 이루어지는 것을 느낍니다. 내 쪽에서 밥 사주어 가면서 만나고 싶은 사람의 성정이 인색할 리 없기 때문입니다.

사연자님의 경우, 친구 쪽에서의 공평함이 내 것과 다른 것인지 지나치게 인색한 것인지 알아볼 필요가 있습니다. 일 년에 한두 번 보는 정도면 남자 친구의 유무와 상관없이 주말에 만나도 되지 않을까요? 만남의 조건을 바꿔도 인색한 모습을 보인다면 그만큼 마음의 거리를 조절하면 될 듯합니다.

'돈은 돈으로만 갚아야 한다'

이건 어찌 보면 당연한 명제일 수 있지만 가까운 사이일수록 이것을 잊는 이들이 많습니다. 돈을 자꾸 다른 것으로 갚으려다가는 더 큰 재원을 쏟아붓고도 마음은 얻지 못할 수 있습니다. 사연 안에서의 고민도 따지고 보면 여기서 출발합니다. 친구는 시간과 기회비용, 이동하는 데에 쓰는 에너지를 돈으로 치환하고 같이 먹고 마시는 비용을 내지 않는 것입니다. 하지만 관계에서 서로 합의되지 않은 계산기로 숫자를 두드리는 것은 삼가야 할 일입니다. 근처로 가 주는 것은 가 주는 것, 돈은 돈. 이렇게 별개로 생각해야 탈이 없습니다.

여러분이 다음 날 갚는다는 친구에게 3만 원을 빌려주었는데 며칠이 지나도 돌려주지 않습니다. 알고 보니 그 친구는 그날 자신의 집으로 초대해 요리 해 먹인 것으로 빚을 갚았다고 생각하고 있습니다. 이걸 당연하다고 생각하는 사람들과 긴 시간 얽히는 것은 아주 피곤한 일이 될 수도 있습니다. 반대로 이런 계산법을 갖고 있는 사람들은 생각을 바꿔야 어떤 종류건, 관계를 지킬 수 있습니다. 노동력과 같은 잠재 가치는 돈이 아닙니다. 그 잠재 가치를 돈으로 바꾸려면 추가로 돈과 노동력이 듭니다. 사겠다는 사람이 나서지 않으면 아예 0원이 될 수도 있습니다.

'오늘 네가 해 준 요리 너무 맛있었어. 이거 돈으로 따질 수

없는 거니까 나한테 돈 빌린 거 이걸로 퉁치자'

돈을 돌려받아야 하는 쪽에서 먼저 이렇게 이야기한다면 거기에는 잠재 가치의 리스크까지 껴안겠다는 호의가 포함된 것입니다. 그걸 공평하다고 생각해서는 안 되는 것입니다.

'돈을 대신할 수 있는 것은 없다. 돈은 돈으로 돌려준다'

이렇게 생각할 수 있다면 마음속 계산기가 달라 관계가 틀어지는 일은 없을 것입니다.

소비 규모가 다른 사람들이 주기적으로 만남을 가지면서 속앓이하는 일이 참 많습니다. 누군가는 오래 취업준비생으로 지내며 직장인 친구가 돈 쓰는 걸 당연하게 여기는 친구 때문에, 누군가는 인당 수십만 원 드는 파인다이닝에서만 약속 잡으며 회비 걷는 친구 때문에 고민입니다.

소비 수준이 너무 달라 곤란을 겪을 때는 서로 합의를 해두는 것이 좋습니다. 이런 문제를 겪으면 상대방의 어떤 면이

내가 한 사람을 만나서 공평하게 돈을 썼다고 생각한다면 상대방은 자신이 손해 보고 양보했다고 느꼈을 가능성이 높습니다.

염치없어서 그런다고 생각하지만, 의외로 정말 몰라서일 수도 있습니다. 알고 보니 전자의 경우, '우리 사이에 얻어먹는 걸 너무 불편해하는 것도 섭섭한 마음이 들 수 있어. 나중에 내가 취업하면 아낌없이 사 줄 테니까 괜찮겠지.'라고 생각하고 있었고, 후자는 '취향이 통하는 이 친구들 아니면 누구하고 이렇게 멋진 곳에 다니겠어? 저 친구들도 나와 같은 생각이겠지.' 하고 상황을 해석하고 있더군요.

우리가 당연하다고 생각하는 것을 바탕으로 미루어 짐작하는 것들은 틀릴 때가 너무 많습니다. 거기에 돈이라는 것이 끼어든다면 타인 입장에서 당연함이 어디까지인지 확인해 보는 과정이 반드시 필요합니다. 그러니 관계 속에서 돈을 쓰는 방식이 불편하다면 반드시 그에 대한 대화를 해야 합니다.

'나 요즘 좀 쪼들려서 그러는데 이제 밥값 술값 회비제로 돌렸으면 좋겠어.'

'내가 집을 전세로 돌리려고 돈을 모으고 있거든. 앞으로 3년 정도 한 달에 20만 원만 용돈 쓰면서 살기로 했어. 그러니까 나 만날 때는 저렴한 코스로 가자. 비싼 곳은 다른 애들하고 가.'

상대가 만남을 이어 나갈 만큼 충분히 배려가 있는 사람이라면 이 정도만 메시지를 전해도 고민이 해결될 것입니다. 그렇지 못하다면 그 인연은 자연스럽게 멀어질 것입니다.

소비 수준 차이 때문에 혼자 고민하다 일방적으로 관계를 놓지 말고 좋은 사람과의 관계는 되도록 지킬 수 있으면 좋겠습니다.

특정한 상황에서의 보답이 아니라면 선물은 부담 없는 가격대 안에서 주고받는 것이 관계에 더 좋습니다. 생일에 5만 원 상당의 선물을 준 친구에게 2만 원대 선물을 받았다며 섭섭해하는 식으로 관계에 금이 가기 시작하는 일이 너무 흔합니다. 애초 더 적든 많든 상관없을 규모로만 선물을 주고받는다면 이런 마음 상할 일은 생기지 않겠지요. 금액의 상한선은 사람마다 다르며 저의 경우는 돌려받지 않아도 아무렇지 않고 주었다는 사실도 잊어버려질 정도의 선물만 합니다. 실은 선물을 자주 하는 편도 아닙니다.

막상 선물을 고르려고 하면 낮은 가격대에서 쓸모 있는 물건 고르기 어렵긴 합니다만, 선물이 꼭 쓸모 있는 물건일 필요는 없다는 것을 생각하면 폭이 넓어집니다.

비슷한 맥락에서 경조사비도 무리해서 쓰지 않는 게 낫다는 것을 확인하게 될 때가 많습니다. 가까운 친구인 경우 감정적 거리를 돈의 액수로 표현하는 이들이 많지만 태반이 그만큼 돌려받지 못합니다. 시간이 지나면 감정적 거리도, 경제적 상황도 달라지기 때문입니다. 그래도 상관없다면 그 시기의 마음의 무게만큼 액수를 채워도 괜찮겠지만, 나중에 배신감이나 허탈감을 느낄 것 같다면 그 시기 통상적인 경조사비에서 약간만 보태시기 바랍니다.

이제 품앗이로 경조사비를 거둬들이는 시대는 지나가고 있습니다. 스몰 웨딩이 아직 대세는 아니더라도, 돌잔치 초대가 거의 사라진 것만 보아도 짐작할 수 있는 일입니다. 요즘은 비혼이 확고한 사람들이 주변에 미리 이해시키고 최소한의 축의만 하기도 합니다. 어쩌면 이 시대의 축의금은 '관계 유지 비용' 정도로 볼 수 있을 듯합니다. 무엇이건 유지비는 무리하게 들이는 것이 아니지요. 그보다는 평소에 금전적으로나 정서적으로나 관대하게 대하는 게 낫겠습니다.

> *** 관계와 돈을 지키는 법**
> 1. 기계적인 공평함은 현실적으로 불가능함을 인지하기
> 2. '돈은 돈으로만 갚아야 한다'를 기본으로
> 3. 소비 수준이 다르면 돈 쓰는 방식을 먼저 합의하기
> 4. 선물은 부담 없는 가격대 안에서 주고받기

아무도 챙겨주는 사람이 없는
생일을 보내시나요?

저는 30대 직장인입니다. 인간관계를 소중히 여기고 '내 사람'이라
고 여기는 사람들의 경조사는 정성스럽게 챙깁니다. 생일도 기억해
두었다가 작은 선물이라도 보내고요. 그런데 얼마 전 지나간 제 생일
에 챙겨주는 사람이 한 사람도 없었습니다. 어린아이처럼 생일 챙겨
달라 투정을 부리고 싶은 마음인 건 아닙니다. 그저 제 인간관계를 돌
아보게 되더라고요. 주기만 하면서 돌려받지 못하는 저한테 문제가
있는 건지 원래 사람이라는 게 그런 존재인 건지...... 사람이나 관계에
대해서 어떤 마음으로 살아야 할지 모르겠습니다.

예전에는 생일이라도 시간 맞춰 만나기 힘들고, 남의 생일을 일일이 기억하기 힘드니 다들 그러려니 했습니다. 그런데 요즘은 SNS로 생일을 확인하기도 쉽고 기프티콘 선물도 쉬우니 이런 것조차 받지 못하는 이들이 허전함을 느끼곤 합니다. 하지만 현실에서의 삶을 보면 자신의 것이나 남의 것이나 생일을 대충 넘기는 사람들이 생각보다 많습니다. 사연자님이 그러시는 것처럼 지인들 생일을 일일이 확인하고 일부러 챙기는 사람들은 정해져 있습니다. 그러니 생일 선물을 준 사람들에게서 나중에 그 마음을 그대로 돌려받는 건 기대하지 않는 게 좋습니다. 뭐든 많이 받는 사람들은 이미 준 것을 다 기억하지 못할 정도로 많이 베푼 것이기 쉽습니다.

제 지인은 생일에 기프티콘 전송되는 알림음이 쉴 새 없이 들리는 걸 보고는 이렇게 말하더군요.

"이게 다 빚이에요. 마냥 좋아만 할 수는 없네요."

어릴 때는 인생에서 우정의 비중이 높습니다. 그러다 보니 친구들 생일은 최우선 순위 이벤트였지요. 시간이 지나 각자의 삶에서 우정의 비중은 줄어들고 이런 생일 이벤트가 사라지는 걸 자연스럽게 받아들이는 것도 어른이 되어가는 과정입니다.

'바쁠 텐데 내 생일 같은 건 신경 쓰지 마!' 보다는,

'넌 나한테 소중한 사람이야! 내 생일을 축하해 줘!'

라는 메시지가 더 쿨하다는 것을

알게 되면 삶은 더 심플해집니다.

생일을 축제처럼 즐기고 싶은 마음이 있다면 '생일은 스스로 챙기는 것'이라고 마음을 바꾸는 것은 어떨까요? 스스로 생일파티를 열고 지인들을 초대하는 것도 괜찮은 방법입니다. 사실 이렇게 하는 사람들이 많은 사람들에게 생일 축하를 받는 인복 있는 사람으로 보이는 것입니다. 가만히 있는데도 수많은 지인들이 알아서 생일을 챙겨주는 건 누구에게도 당연한 일이 아닙니다.

저는 생일을 조용히 보내고 싶어 하는 편입니다. 그래서 한동안 메신저에 표시되는 정보도 지우고 생일이 없는 사람처럼 지냈습니다. 저 자신조차 생일을 잊고 지날 때도 있었습니다. 하지만 시간이 지나니 그게 좀 쓸쓸하다고 느껴졌습니다. 가족들에게 저 자신을 챙길 필요가 없는 존재로 학습시키는 게 그리 건강한 일이 아니라는 것도 깨달았습니다. 그래서 언젠가부터 일정표에 제 생일을 표시해 두고 며칠 전부터 가족이나 아주 가까운 사람들에게 미리 생일을 '홍보'하기 시작했습니다. 생일에 유난스럽게 의미를 둔다기보다는 그날을 핑계 삼아 좋은 사람들과 맛있는 음식 먹으며 시간을 보내는 날로 정한 것이지요. 이렇게 이날을 다루면서 저는 비로소 생일이라는 기념일이 주는 달갑지 않은 양가감정에서 벗어날 수 있었습니다.

생일이나 기념일을 타인의 호의를 시험하는 날로 삼지 않으시기를 바랍니다. 자신이 느낄 감정을 남에게 맡겨 두지 마세요. 마치 영화에 나오는 서프라이즈 파티 같은, 요식적인 스테레오타입에 매몰되지 마세요. 각자의 삶을 살아내기도 바쁜 사람들에게 미리 기대하고 실망하기보다는, 그들에게 기회를 주고 나 자신이 주체가 되는 이벤트에 초대해 보세요.

'바쁠 텐데 내 생일 같은 건 신경 쓰지 마!' 보다는, '넌 나한테 소중한 사람이야. 내 생일을 축하해 줘.'라는 메시지가 더 쿨하다는 것을 알게 되면 삶은 더 심플해집니다.

* 어른인 내 생일 챙기는 법

1. 이전에 챙겨 준 생일 선물을 돌려받으려는 마음 버리기
2. 생일은 스스로 챙기는 것으로 마음 바꾸기
3. 함께 하고 싶은 사람에게 '내 생일을 축하해 줘'라고 표현하기

관계가 끊어질 무렵
자신을 돌아보는 법

저는 20대 후반 직장인입니다. 저에게는 고등학교 때부터 친하게 지낸 친구가 있습니다. 그 애는 일찍 결혼해서 벌써 엄마가 되었고 전업주부로 지내고 있어요. 제가 취준생일 때부터 아이 돌도 챙겨주고 서로 힘든 거 격려해 주는 관계였습니다. 그런데 제가 얼마 전 취업을 하고부터 어쩐지 친구와 멀어진 느낌입니다. 제가 여러 번 실패 끝에 원하던 좋은 회사에 최종 합격하고는 이 친구한테 가장 먼저 연락했어요. 가장 좋아하는 친구이니 가장 먼저 축하를 받고 싶었습니다. 하지만 친구의 반응은 좀 실망스러웠습니다. '잘됐다' 한마디하고 곧바로 다른 화제를 꺼내며 말을 돌렸습니다. 그 무렵부터 그 친구에게 만나자고 할 때마다 아이가 아프다거나 집안일이 있다거나 몸이 안 좋다고 해서 한없이 약속이 미뤄집니다. 그런데 친구들 SNS를 보면 다른 친구들과 만난 사진이 올라와 있더라고요. 제가 연락을 해도 드문드문 답이 옵니다. 왜 이렇게 만나기 힘드냐고 물으면 그냥 별일 아니다, 요즘 일이 좀 많았다는 식으로만 대답합니다. 제 SNS에만 댓글을 안 다는 것도 마음에 걸립니다.

사회초년생으로 회사에 적응하는 것도 힘든데 이 친구와의 관계가 마음에 걸려 힘듭니다. 제가 예민한 걸까요? 제가 그 친구한테 잘못한 걸까요? 물어봐도 별다른 대답이 없고, 이럴 때는 어떻게 해야 할까요?

타인과의 관계에서 마음에 걸리는 일이 반복된다면 자신만의 착각이 아닐 때가 많습니다. 더구나 이 경우 사연자님이 이유를 물었을 때 '별일 아니다'라는 모호한 대답을 했는데, 그럴 때는 대개 별일이 있다는 뜻입니다. 상대방이 걸려하는 일이 오해라면 사람들은 그런 식으로 뭉뚱그려 대답하지 않습니다. 오해를 풀고 싶어 시시콜콜 상황을 설명하려 드는 게 보통입니다. 상대방이 내 의도를 곡해하는 걸 그냥 두고 싶어 하는 사람은 드뭅니다.

'당신하고 길게 대화하고 싶지 않다. 그리고 이 마음을 당

신이 눈치껏 알아주면 좋겠다.'

이게 그 말의 진짜 의미입니다. 아마도 그 친구는 사연자님과 거리를 두고 싶어 하는 것으로 보입니다. 이유는 오직 그 친구만이 압니다. 사연 안에서 유추할 수 있듯 사연자님이 인생에서 한 단계 올라서는 걸 보고는 열등감이 올라왔을 수도 있고, 친구가 전업주부인 상황을 내심 비관하고 있던 걸 사연자님이 눈치 못 챘을 수도 있습니다. 또한 사연자님이 전혀 짐작하지 못하는 이유가 따로 있을 수도 있습니다. 여기서 중요한 건, 우리 삶에서는 누구에게나 이런 일이 일어날 수 있으며 이것도 관계의 속성이라는 사실을 받아들이는 것입니다.

'오는 사람 안 막고 가는 사람 안 붙잡는다'

일상생활에서 자주 듣는 말입니다. 바람둥이들이 사랑에 충실하지 않은 근거로 내세우거나 상대를 무시할 때 쓰는 등 부정적인 의미의 실사용 예가 많습니다. 하지만 이것이 〈논어〉, 〈맹자〉, 〈순자〉 등 대표적인 유교 경전에 몇 번이나 등장하는 금과옥조라는 걸 아는 사람은 많지 않습니다. 오는 사람 안 막고 가는 사람 안 붙잡는다는 것은 원래는 집착 없이 사람을 대하는 관용적인 태도를 말합니다. 관계를 대하는 우리의 태도는 이 오랜 금언이 기본이 되어야 한다는 것을 깨닫게 될 때가 많습니다.

'어렸을 때부터 친구라서', '내가 저 사람을 좋아하니까'와 같은 이유로 내 쪽에서만 애를 써 관계를 붙들고 있을 필요는 없습니다. 관계는 흐르는 것이고 때로는 누구에게도 잘못이 없더라도 인연이 끊기기도 합니다.

드라마와 같은 문화 상품에서는 반드시 주인공 친구가 하나씩 나오는데 그 친구는 어릴 때 친구라면서 직장까지 같이 다니고 심지어 같이 살기도 합니다. 그 우정이 아주 당연히 남은 평생 계속될 것을 암시하면서 드라마는 종영합니다. 주인공과 한 몸 같은 친구란 드라마 플롯을 짤 때 주된 이야기 줄기에 사건을 붙이고 대사를 다채롭게 하기 위한 필수 설정입니다. 이런 설정을 너무 자주 보니까 그게 당연하게 여겨지지만 현실의 친구란 그런 것이 아닙니다. 제가 보기에 그런 친구 관계는 젊고 잘생긴 재벌 3세 주인공만큼이나 비현실적입니다. 사랑에 대한 로망을 현실에서 보기 어렵듯 우정에 대한 로망도 그렇습니다. 영원히 지속될 관계는 없다고 생각해두는 편이 낫습니다. 물론 우리는 관계를 소중히 여기고 지키기 위한 노력을 해야 합니다. 관계를 잃는 일이 자주 일어난다면 치열한 자기반성도 해야 합니다. 그러나 할 만큼 했다는 생각이 들 즈음이면 이제는 자신의 잘못이 아니라는 것도 깨달을 수 있어야 합니다. 그냥 서로의 인생이 달라지면 누구의 잘못 없이도 이런 일은 생깁니다.

원래 한 사람을 지옥에 빠뜨릴 가능성이 가장 큰 사람이 친구입니다. 친구는 한 때 그 사람과 같은 준거집단에 속했던 사람이기 때문에 현재 자신의 상태를 한눈에 비교할 수 있는 기준이 됩니다. 그런 친구와 서로 처지가 달라지면서 거리감을 느끼는 건 당연한 일입니다. 그 정서적 거리가 물리적 거리와 겹쳐질 때 인연은 서서히 멀어지곤 합니다.

누군가의 관계가 예전 같지 않다고 느껴진다면 이렇게 생각하시며 담담할 수 있으면 좋겠습니다.

'이제 이 사람과 함께 한 내 인생의 한때가 지나가는구나.'

인생의 다음 시기에는 또 그때의 여러분과 어울리는 사람들이 기다리고 있으니 너무 쓸쓸해하지 않으셔도 됩니다.

만약, 관계가 끊어지는 경험이 도를 넘는다면 일단 말과 행동의 범위를 줄이고 주변을 살피는 연습을 해보는 게 좋겠습니다.

대개 이런 경험은 타인의 감정을 읽어내는 일에 서툰 사람들이 하게 됩니다. 이런 이들은 성격의 장점이 잘 발현되면 관대하고 재미있는 사람이 됩니다. 타인을 덜 인식하니 일할 때 집중력과 추진력도 좋지요. 그러나 상대방의 기분을 직관적으로 이해하고 배려하는 능력이 부족하기 때문에 관계에서 문제가 생기기 쉽습니다. 이런 사람일수록 인위적으로 노력해 적절하게 대응할 수 있는 관계의 가짓수를 늘려 나가야 합니다.

이들은 관계가 끝날 때마다 단 한 번의 실수를 상대방이 용서해 주지 않은 상황이라고 생각하는 경우가 많습니다. 하지만 특정 장면에서 결정적인 사고를 쳤다기보다는 긴 시간 동안 누적된 여러 잘못이 있는 게 대부분입니다. 평상시 말과 행동에 사람들을 불편하게 하는 습관이 배어 있지 않은지 돌아봐야 하는 이유입니다.

자신이 이런 경우라는 생각이 들면 이렇게 생각해 보시기 바랍니다.

'뇌에 힘을 주고 말을 꽉 붙들어 놓자.'

뇌에 힘을 줄 수 있는 근육이 있는 건 아니지만 그만큼 의식하고 조심하라는 의미입니다. 이런 연습을 처음 할 때는 되도록 사람들에게 하고 싶은 말과 행동의 양을 줄이는 게 좋습니다. 양이 많아지면 통제하기 어렵기 때문입니다. 좋은 의도

특정 장면에서 결정적인 사고를 쳤다기보다는
긴 시간 동안 누적된 여러 잘못이 있는 게 대부분입니다.
평상시 말과 행동에 사람들을 불편하게 하는
습관이 배어 있지 않은지 돌아봐야 하는 이유입니다.

로 하는 일조차도 맥락에 따라 남을 다치게 할 수 있기 때문에 적게 움직이고 적게 말하면서 남들이 어떻게 처신하는지 관망해 보시기 바랍니다. 그러다 보면 적절한 태도라는 것이 어떤 것인지 맥을 짚을 수 있게 되고 점점 처신이 자유로워집니다.

적절한 태도가 본능처럼 체화되지 않을 무렵에는 체력이 바닥나 있을 때 더 조심해야 합니다. 사람이 뭔가를 참고 의지대로 행동할 때도 호르몬이 분비됩니다. 흔히 행복 호르몬이라고 알려져 있는 세로토닌이 인내심의 연료가 됩니다. 문제는 세로토닌이 하루에 분비되는 양이 정해져 있다는 것입니다. 그러니까 의지대로 다듬을 수 있는 태도의 횟수도 정해져 있는 셈입니다. '의지의 배터리'가 다 소진된 상태에서는 본성이 날것 그대로 나오기 쉽습니다. 태도를 다듬는 시기에는 컨디션이 좋을 때만 사람들을 만나고 시간 조절도 신경 쓰시는 게 좋겠습니다.

이런 면들을 보면 남을 살피는 능력을 타고난 사람들과 비교해 너무 피곤하게 살아야 하는 게 아닌가 싶겠지만 사실 그들은 진작에 피곤하게 살고 있습니다. 타인의 감정을 무의식적으로 감지하고 그걸 또 미리 배려하게 되는 과정이 자동적으로 일어나지만 많은 에너지를 소모시키는 건 마찬가지입니다. 평판이 좋고 인기가 좋은 사람들이 주기적으로 한 번씩 수면 아래로 가라앉아 있다 나오는 것도 그래서입니다. 아예 사람들과의 접촉을 하지 않아야 마음이 쉴 수 있으니까요. 누구의 특성에나 장단점은 있기 마련입니다.

가까운 사람들과 관계를 잃게 될 때 사람은 무너지기 쉽습니다. 하지만 관계에 대해 의연할 때 오히려 그 관계를 지속시킬 힘도 생긴다는 걸 기억하시기 바랍니다.

* 사람들에게 손절당할 때 나를 돌아보는 법

1. '오는 사람 안 막고, 가는 사람 막지 않는다'라고 생각을 바꾸기
2. 자신의 잘못이 아니라고 생각하기
3. 말과 행동의 범위를 줄여 보기

성격 바꿔서 팔자 바꿔 봅시다

저는 원래 독립적이고 인간관계에 집착하지 않는 성격의 직장인입니다. 안 주고 안 받는 게 편하다고 생각해서 사람들과 거리를 두는 편입니다. 보통 말하는 쿨한 성격이라서 사람들에게 가식적으로 굴지도 않습니다. 그동안은 인간관계에 에너지를 쓰기보다는 저 자신에게 투자하고 살다 보니 변변히 연락하는 친구도 없습니다. 그런데 얼마 전 회사 유관부서 사람과 크게 다툴 일이 있었습니다. 실제로는 업무가 애매한데 전임자한테는 그 사람이 늘 해주던 일이었거든요. 그런데 저한테만 안 해주는 거였습니다. 그 일 때문에 제가 많이 곤란한 상황이 되었습니다. 힘들어하는 저를 지켜본 동료가 진심으로 저를 생각해서 해주는 말이라며 저한테 성격 고치라는 말을 하더라고요. 불필요하게 사람들과 마찰을 일으키는 면이 있다고 합니다.

저는 진실되게 사람들을 대할 뿐이라고 생각하고 있었는데 사람들은 저를 불편하고 비호감으로 생각하고 있었나 봅니다. 저는 정말 성격을 고쳐야 할까요? 또 성격이라는 게 고칠 수 있기나 한 걸까요?

사연자님의 이야기를 보면서 이 말을 떠올리게 됩니다.

'성격이 팔자다.'

팔자란 명리학에서 나온 말로 흔히 운명이라는 말로 부르기도 합니다. 내 의지와 상관없이 걷게 되어 있는 보이지 않는 길과 같은 것이니 이걸 불가항력의 것이라고들 여기곤 합니다. 그러나 인생길에서 지켜본 삶의 모양새는 결국 그 사람의 성격대로 정해지더군요. 본인이 돈복이 없다고 하는 사람은 돈 공부나 재테크를 귀찮아하고 남자 복이 없다고 하는 사람은 나쁜 대접을 감내하는 성향이 있습니다. 사연 속 주인공처럼 인간관계에 비중을 두지 않는 사람은 상대적으로 외로운 삶을 사는 팔자가 될 수 있을 것입니다. 그런데 사연자님처럼 관계에서 성격대로만 살겠다고 하는 사람들이 간과하는 면이 있습니다.

서로 부대끼면서 살아가야 하는 사람들은 의식적으로 조심해도 서로 상처를 주고받습니다. 하물며 남의 기분을 염두에 두지 않고 내 할 일만 잘하면서 살겠다, 가식적으로 굴지 않고 할 말은 하며 살겠다는 생각으로 사는 사람들은 어떨까요?

딱히 의도하지 않았다 해도 닿았던 사람에게마다 오래 기억에 남을 상처를 주었기 쉽습니다. 기분 상한 사람들의 보복은 은밀하게 되돌아옵니다. 자신의 직권으로 가능한 범위 안에서 보이지 않게 불이익을 줍니다. 아마 지금 막 타인과의 충돌을 알아챘다면 이전에 훨씬 많은 불이익이 있었을 것입니다. 운이 나빠서 풀리지 않는다고만 알고 있었던 수많은 일들 뒤에 사람들의 감정이 암초처럼 박혀 있었을 수 있습니다.

다듬어진 말과 행동을 하는 걸 가식적인 거라고만 해석하고 또 그대로 산다면 그만큼 거친 팔자로 살 수밖에 없습니다. 편하게 살기 위해 억지로 남에게 잘 보이며 살아야 하는 거냐고 억울해할 것까지 없습니다. 꼭 나를 위해서가 아니더라도, 저마다 자기 몫을 해내려 고된 삶을 사는 사람들에게 조금만 친절하게 굴어도 되지 않을까요?

우리가 말하는 성격이라는 것은 두 가지 층을 가지고 있습니다. 본 성격과 태도가 그것입니다.

본 성격은 타고나기 때문에 바뀌지 않습니다. 무의식, 마음, 취향과 같은 게 본 성격의 영향 안에 있는 것들입니다. 사람들과 어울리는 걸 좋아하고 시끌벅적한 곳에서 활기를 얻는 사람이 사색적인 사람이 되거나 단순한 사람이 속 깊이 분석적인 사람이 되지는 않습니다.

태도는 성격의 표층에 있는 것으로, 보통 사회에서 만나는 사람들이 다른 사람의 성격을 말할 때는 태도를 의미하는 경우가 많습니다. 태도는 생각과 행동으로 이루어져 있는 것이라 얼마든지 바꿀 수 있습니다. 자신의 팔자를 바꾸고 싶다면 태도를 수정하면 되는 것입니다.

살면서 자신의 주관대로 사는 일이 남에게 피해나 상처를 준다면 태도를 바꾸는 일을 심각하게 생각해 보아야 합니다. 저마다 부족한 구석이 있는 인간으로 살아가면서 아무에게도 상처를 주지 않기는 어렵습니다. 하지만 어떤 일이든 짧은 기간 동안 반복되는 일이 생긴다면 문제의 원인이 자신에게 있는 경우가 많습니다.

대개 어른이 되어 만나는 사람들은 웬만큼 상처를 받거나 손해를 봐도 표현을 하지 않습니다. 그 과정에서 일어날 충돌이 불편하기도 하고 또 그렇게 하는 게 성숙한 거라고 여기기 때문입니다. 그런데도 자신 때문에 피해를 봤다는 사람이 계속 나타난다면 태도에 문제가 있을 가능성이 높은 것이지요.

'저 사람이 예민한 거야.'

'저 사람이 나약한 거야.'

남과의 관계에서 자꾸만 이렇게 자기변호를 하고 있는 자신을 발견한다면 그것을 위험 신호로 받아들이시고 태도를

보통 사회에서 만나는 사람들이 다른 사람의 성격을 말할 때는 태도를 의미하는 경우가 많습니다. 태도는 생각과 행동으로 이루어져 있는 것이라 얼마든지 바꿀 수 있습니다. 자신의 팔자를 바꾸고 싶다면 태도를 수정하면 되는 것입니다.

점검해 보시면 좋겠습니다.

하고 싶은 대로 다 하며 사는 것에는 언제나 대가가 따라옵니다. 그것을 감당할 수 있는 범위가 자유의 범위이지요. 사회생활을 하면서 마음 가는 대로만 관계를 하고 싶다면 관계에서 오는 이점은 포기하고 아무렇지도 않을 수 있어야 합니다.

여러 종류의 일터를 관찰해 보면 30대 중반까지는 태도가 나빠도 실력이나 근성으로 승승장구하는 사람들이 자주 보입니다. 그런데 그 이후 시간이 갈수록 그들은 사라져 갑니다. 사회에서 일가를 이루고 오래 자신의 위치를 유지하는 이들의 의외의 공통점이 물 흐르듯 유연하고 푸근하게 사람을 대한다는 것입니다. 대외적으로 그러지 않을 것 같은 이미지가 형성돼 있는 유명인들도 그렇습니다. 위압감이나 카리스마 같은 것은 이해관계에 직접 얽히는 극소수만 목격하게 되지요. 그렇게 태도가 다듬어져야만 그 자리까지 가는 시간 동안 견딜 수 있어서 그렇습니다.

전에 제가 다니던 한 동네 병원 의사는 권위적이고 불친절했습니다. 그래도 그 진료 과목 병원으로 유일한 곳이라 필요하면 갈 수밖에 없었습니다. 어느 날 거기서 증상을 설명하다 모멸감을 느끼고는 발길을 끊었습니다. 이후 젊고 친절한 의사들이 진료를 보는 병원이 많이 생기면서 더 갈 일이 없어졌습니다. 십수 년이 지난 얼마 전 볼 일이 있어서 나갔다가 같은 건물에 있는 그 병원 간판을 보고는 시간을 아끼려고 들어가게 되었습니다. 그간 저도 좀 더 단단한 사람이 되어 무례함에 속수무책이지 않을 자신이 있기도 했습니다. 그런데 진료실에서 본 그는 전과 달라져 있었습니다. 고압적이고 날카롭던 태도는 간데없고 푸근한 초로의 의사가 조곤조곤 증상을 설명해 주었습니다. 그때부터 저는 다시 그 병원에 다니기 시작했습니다.

그가 필요를 느끼고 태도를 바꾸기로 결정했는지, 시간이 지나며 자연스럽게 변화가 일어난 것인지는 모를 일입니다. 그러나 이유가 무엇이든 걸림돌을 걷어내고 일에 열심인 그를 응원하고 싶은 마음입니다.

태도를 바꾸는 방법은 끊임없이 의식하고 수정하는 것. 그뿐입니다. 하루아침에 바뀌지는 않고 특정한 방향의 생각, 행동, 말을 반복해 자신을 거기에 물들게 하는 것입니다.

마하트마 간디에 얽힌 유명한 일화가 있습니다. 그가 기차를 타다가 신발 한 짝을 흘렸는데 그것을 주울 새도 없이 열차가 달리기 시작했습니다. 상황을 알아차리자마자 간디는 재빨리 다른 신발 한쪽을 벗어 창밖으로 던졌습니다. 그걸 본 동행이 깜짝 놀라 이유를 묻자 그는 이렇게 대답했습니다.

"그래야 내 신발을 주운 사람이 제대로 신발을 신을 테니까."

이건 단순히 배려심이 있거나 착한 사람이 할 수 있는 행동은 아닙니다. 평범한 사람이라면 선의가 있더라도 미처 거기까지 생각이 미치지 못했거나, 기차가 떠나고 한참 후에야 생각해냈을 테니까요. 그는 평소 배려하는 행동을 너무 많이 해 보아서 반사적으로 그런 판단을 하고 움직일 수 있었던 것입니다. 태도가 바뀐다는 건 이렇게 수없이 비슷한 방향의 행동을 반복하면서 무의식이 먼저 반응하는 것입니다. 자꾸 하다 보면 간디만큼은 아니어도 필요한 만큼은 좋은 사람이 될 수 있습니다.

바꾸고 싶은 태도의 기준을 알 수 없다면 롤모델을 찾는 게 가장 쉽습니다. 완벽하게 닮고 싶은 사람을 찾는 건 굉장히 어려운 일이지만 부분적인 롤모델이라면 주변에서도 쉽게 찾을 수 있습니다.

'저 사람은 내가 좋아하는 사람은 아닌데 참 신뢰가 가네.'

'이 사람은 같은 말이라도 기분 좋게 하는 재주가 있네.'

이렇게 참고하고 따라 하다 보면 점점 나만의 기준을 찾을 수 있습니다.

저는 이런 면에서 독서 역시 많이 권하는 편입니다. 한 분야에서 목표를 이룬 사람들이 쓴 책에는 자기만의 태도가 담겨 있습니다. 거기서 내게 맞는 부분을 추출해 내 것으로 만드는 것도 좋습니다.

* 비호감 성격 바꾸는 법

1. 다른 사람 눈치 안 보고 내 일만 잘하겠다는 생각 버리기
2. 태도 변화를 통해 겉으로 드러나는 성격 바꾸기
3. 끊임없이 의식하고 수정하며 바뀐 태도를 체화시키기

되도록 느끼지 말아야 할
감정, 서운함

제게는 직장생활 하며 가까워진 친구가 둘 있습니다. 늘 셋이 함께 어울렸는데 제가 중간에 퇴사해 자영업을 시작하면서 만나는 시간대가 잘 안 맞습니다. 그러다 어느 날부터인가 제가 늦게 도착하면 나머지 두 친구가 나란히 앉아 있더라고요. 그런 날은 저는 맞은편에 혼자 앉게 됩니다. 보통 두 사람이 만나게 되면 마주 앉는 게 일반적이잖아요. 이런 일이 반복되다 보니 서운한 마음이 듭니다.

너무 사소해서 다른 사람에게 묻기도 어렵습니다. 이런 기분, 제가 예민한 걸까요?

사람들과 어울리다 보면 가슴속에 가늘고 찬 바람이 휙 불고 지나갈 때가 있습니다. 뭔가 서늘했는데 흔적은 남아 있지 않고 나만 한기를 느낀 것도 같습니다. 이것이 폭풍의 전조인지 내 미성숙의 증거인지 혼란스럽습니다. 사연자님이 느낀 서운함도 그런 소슬바람 같은 것입니다.

이야기를 듣는 입장에서는 '당신이 너무 예민한 것 같다'라고 말할 수도 있습니다. 먼저 온 두 사람이 나란히 앉는 상황이 왜 서운함을 불러일으키는지 쉽게 공감하기 어려우니까요. 사실 그들은 나중에 온 사람이 널찍이 앉을 수 있도록 배려한 것일 수도 있고, 그 사이 역병의 시대를 거치면서 감염 위험이 높은 마주 보기보다 나란히 앉는 것에 익숙해졌을 수도 있습니다. 하지만 이런 기분에 대해 맞고 틀리다는 정답은 없습니다. 기분 그 자체는 스스로 조절할 수 없고 그것 그대로 나타났다 사라지는 것입니다. 우리가 어찌해 볼 수 있는 것은 그 기분을 느끼고 나서의 태도와 그런 기분을 느끼게 만드는 조건을 바꾸는 것입니다.

저는 누구든 관계에서 '서운함'이라는 감정을 느끼지 않게 태도와 조건을 바꾸어야 한다고 생각합니다. 알고 보면 우리 삶의 질과 관계를 망치는 대표적인 감정이 이 서운함입니다.

서운함을 자주 느낀다면 자신의 시야가 좁아 자기중심적인 면이 있지 않은지 돌아보아야 합니다. 자기중심적이니 자신의 입장에서 부족한 게 있으면 거기서 서운함이라는 감정이 피어나는 것입니다.

서운하다는 건 도대체 무슨 감정일까요?

'마음에 모자라 아쉬운 느낌이 있다.'

이것이 서운하다는 말의 사전적 정의입니다. 상대에게 원망이나 분노를 뚜렷하게 느끼는 것도 아니면서 뭔가 부족하다고 느끼는 것입니다. 화를 내거나 항의하기에는 사안이 작아서 부정적인 감정을 녹이고 있는 상태를 보통 서운하다고 표현합니다. 대개 정서적으로 가깝다고 여기는 관계에서 느끼는 감정이기도 하지요. 서로 다른 타인들이 얽혀 살면서 이런 감정을 느낄 만한 일은 정말 많이 일어납니다. 하지만 서운함이라는 감정이 자주 생기고 또 쌓이고 있다면 타인이 아니라 나를 돌아보아야 합니다.

우선 서운함을 자주 느낀다면 자신의 시야가 좁아 자기중심적인 면이 있지 않은지 돌아보아야 합니다. 자기중심적이니 자신의 입장에서 부족한 게 있으면 거기서 서운함이라는 감정이 피어나는 것입니다. 서운한 감정이 들 때 상대방을 가만히 관찰해 보면 그 입장에서 마땅히 그럴 수밖에 없는 이유가 보일 때가 많습니다. 그래서 관계에서 마찰이 생겼을 때 상대 입장을 먼저 생각해 보는 습관을 들이면 누구보다도 나 자신이 편합니다.

서열이 높은 입장이라면 특히 서운함이라는 감정을 잘 다루어야 합니다. 자신이 인간관계에서 위쪽에서 있으니 아랫사람이 챙겨주어야 하는데 그걸 대놓고 요구하거나 지적하기에는 체면이 안 서고 그 과정에서 서운한 감정은 계속 쌓입니다. 그리고 그 적체된 감정을 삐뚤어지게 표현해서 수동 공격성을 드러내며 상대를 괴롭히곤 합니다.

자아가 약해도 서운함을 자주 느끼게 됩니다. 자신의 감정과 판단에 대해 확신을 갖지 못하니 상대에게 의사 표현을 하거나 무던하게 넘기는 대신 '상대방도 딱히 잘못이 없고 나도 잘못이 없는 그 경계 어딘가'의 감정인 서운함을 선택하는 것입니다. 사연에서처럼 두 친구가 나란히 앉아 기다리는 모습을 볼 때, 자아에 균형이 잡혀 있는 상태라면 별 생각이 안 들기 쉽습니다. 만약 이전과 비교했을 때 마음에 걸리는 게 느껴진다면 직접 물어보면 됩니다.

'궁금한 게 있는데, 너희 왜 그렇게 나란히 앉아 있는 거야? 보통 마주 보고 이야기하지 않나?'

이런 정도의 질문은 가까운 사이에서 아무렇지도 않은 것이고, 보통은 대답을 들으면 기침처럼 목에 걸려 있던 의문은 풀립니다. 그런 의문을 서운함이라는 애매한 영역에 묵혀두는 방식은 건강한 게 아닙니다.

만약 그것이 정말 소외의 징후이고 사연의 주인공이 그걸 감지한 거라면 더욱 위와 같은 확인의 과정은 필요합니다. 자아에 확신이 있는 사람은 부정적인 감정을 서운함보다는 '기분 나쁘다', '화가 난다'와 같은 보다 분명한 감정으로 분류하는 경우가 많습니다.

관계 의존성이 높은 성향인 사람도 서운함을 자주 느끼곤 합니다.

우리는 서로 어울려 살아야 하는 삶을 살고 있지만 모두가 저마다 다 외로운 존재입니다. 기본적으로 혼자 자신의 삶을 잘 일구어 산다는 생각을 중심으로 삼고 호의를 주고받는 관계를 '감사한 덤' 정도로 여기는 게 외로움과 함께하는 방법의 정석입니다. 타인이 아닌 나에게 가장 많은 투자를 하고 관심사로 놓으면 타인에게 큰 기대가 생기지 않습니다. 그래서 그들의 일거수일투족을 의식하며 서운함을 느끼지도 않습니다. 이런 사람들은 타인에게 친절을 베풀더라도 실질적이거나 감정적인 보답을 받는 걸 기대하지도 않습니다. 돌려받지 않아도 될 만큼만 주고 기대도 하지 않지요.

저는 배은망덕이라는 단어를 떠올릴 만한 상황을 만날 때마다 데일 카네기의 책에서 본 구절이 생각납니다. 예수님이 기적을 행해서 한센병 환자 열 명을 한꺼번에 치료해 줬는데 그중 감사하다는 인사를 한 사람은 단 한 사람뿐이었습니다. 이 에피소드를 소개하며 저자는 이렇게 되묻더군요.

'당신이 예수보다 더 좋은 대접을 받을 이유가 있겠는가?'

사람은 깊이 알수록 실망을 줄 수밖에 없는 존재입니다. 간혹 나 자신의 어떤 면을 들여다보며 그리 느끼듯 남도 다들 부족한 면이 있습니다. 그래서 관계에는 모든 것을 거는 것이 아닙니다.

저는 서운함을 자주 느끼는 자기감정을 알게 되었다면 관계의 폭을 넓혀보라고 권하곤 합니다. 관계의 수가 적을수록 거기에 의존할 가능성도 커지고 그 관계 안에서 지나치게 예민해지기 쉽습니다. 그 관계가 무너질 때 자아를 지탱하기 어려울 만큼 타격이 크기도 합니다. 이런 이유로 더 그 관계에 집착해 나쁜 습관을 반복합니다. 이런 악순환에 빠져 있을 때 가장 자주 느끼는 감정이 바로 서운함입니다.

어느 모로나 서운하다고 말하지 않는 마음밭을 일구는 게 가장 건강한 마음으로 사는 일이 아닐까 싶습니다.

* 서운함을 느낄 때 나 돌아보기

1. 시야가 좁아 자기중심적으로 사고하고 있지는 않나요?

2. 자아가 너무 약한 상태 아닌가요?

3. 지나치게 관계 의존적인 것은 아닌가요?

너와 나의 알맞은 거리,
어디까지 나를 내보여야 할까?

저는 요즘 사람들에게 어디까지 제 속 이야기를 해야 하는 것인지 혼란스럽습니다.

저는 사람들에게 '벽을 치는 것 같다'는 말을 자주 듣습니다. 사실 또래에 비해 벌이가 좋고 재산이 있는 편이라 조심스러운 부분이 많습니다. 그래도 개인적으로 만날 때는 대화도 잘하고 고의로 피하는 화제도 없습니다. 그런데도 사람들은 제게 벽을 느끼고, 새로 사람들을 사귀는 데에 어려움을 겪습니다.

한편으로는 속을 내보였다가 곤란한 일을 겪은 적도 있습니다. 친한 친구의 자녀 고민 문제로 제가 진심으로 충고를 좀 해 주었거든요. 친구의 양육 방식에 문제가 있어 꼭 알려 주어야 한다고 생각했습니다. 그런데 그 친구가 예상보다도 훨씬 불쾌해서 아차 싶었습니다.

친한 사이라도 진심 몇 마디에 무너질 수도 있는 게 사람 간의 관계 같
습니다. 상대가 어떻든 그냥 달콤한 말만 해야 하는 건가요?
멀지도 가깝지도 않은 소통 방법, 어떻게 조절하면 될까요?

이 질문에 대해서 저는 조금 단호해지겠습니다. 사람과의
관계에서 충고나 비판은 그냥 하지 않겠다고 생각해 놓으시
는 게 좋습니다. 데일 카네기는 〈인간관계론〉이라는 고전에
서 이렇게 일갈합니다.

'비판은 쓸모가 없다. 상대를 방어적으로 만들며 자신을 정
당화시키기 위해 안간힘을 쓰게 만든다. 비판은 위험하다. 상
대의 긍지를 상처 내고 가치 절하해 적의를 불러일으키기 때
문이다. 사람을 상대할 때는 우리가 논리의 동물을 상대하는
것이 아님을 명심해야 한다. 사람들은 감정의 동물이고, 편견
에 가득 차 있으며 자존심과 허영심에 자극받고 행동한다.'

그래서 아무리 내 쪽에서 진심을 담아 하는 충고라도 메시지가 상대의 중심에 닿기는 어렵습니다. 아무것도 바꿀 수 없으면서 관계만 다치는 경우가 대부분입니다. 게다가 그 사람이 틀리고 내가 맞다는 것 또한 알 수 없는 일입니다.

충고는 당사자가 진심으로 원하고 나도 그 사람이 소중할 때만 하는 것입니다. 만약 상대가 원하지 않는데도 그 사람이 정말 위험해 보여서 충고를 해야 한다면 그 사람과의 관계를 잃을 각오까지 해야 합니다. 저는 제가 진심으로 아끼는 친구가 위험한 사람을 만난다면 충고를 할 것입니다. 친구가 그 충고 때문에 마음 상해서 저를 보지 않겠다고 해도 그렇게 할 것입니다. 우리 두 사람 사이의 관계보다 그 사람 자체가 저에게 더 중요해서입니다. 충고는 그럴 때만 하겠다고 생각해 두면 고민이 줄어들 것입니다.

사연 안에서 끌어낼 수 있는 또 하나의 주의점은 타인의 자식에 대해서는 칭찬 외의 언급은 아예 하지 않는 것이 낫다는 것입니다. 그 어떤 사람도 자식에 대해서만큼은 '쿨'할 수 없습니다.

그동안 자신의 분야에서 업적을 쌓은 큰 사람들을 적지 않게 만났습니다. 그런 이들조차도 부모로서는 전혀 다른 모습을 보여 깜짝 놀랄 때가 많았습니다. 부모란 자식에 대해서 한없이 편파적이고 예민한 존재입니다. 그리고 자신이 부모 입장이라도 대개 이런 점을 잘 깨닫지 못한다는 데에 한계가 있습니다. 내가 내 자식을 보는 눈은 객관적인데 다른 사람들은 자기 자식을 과대평가하고 있다고 내심 생각합니다. 때문에 충고 중에서도 타인의 자식에 대한 충고는 특히 입 밖에 내지 않는 게 좋습니다. 자식에 관한 일은 충고뿐 아니라 질문도 상처가 됩니다. 성적, 입시, 취업 등에 대해 그쪽에서 먼저 말하지 않는 한 안부 삼아서라도 묻지 않는 게 불문율입니다.

한편, 사람들이 나에게 거리감을 느낀다는 건 그리 나쁜 것만은 아닙니다. 우리는 여러 단계의 장막을 쳐 두고 상대를 안전하다고 느낄 때마다 차례로 장막을 걷어내게 됩니다. 그 과정에 걸리는 시간은 사람마다 다른데 그걸 인정하지 못하고 빨리 걷어내라고 보채는 게 더 문제 아닐까요?

심리적인 거리감은 새로운 사람들을 만나는 데에 그리 걸림돌이 되는 요소가 아닙니다. 오히려 잘 알지도 못하면서 거리를 좁혀 오는 사람을 더 부담스러워하는 이들도 많습니다. 다만 사소한 부분까지 의혹을 느끼게 하는 사람들은 거리감보다는 '의뭉스럽다'는 인상을 주기는 합니다.

전에 친목 모임에서 5년 이상 알고 지낸 사람이 있었습니다. 그는 인사로 건네는 의미 없는 질문이나 대화의 물꼬를 트기 위해 의례적으로 묻는 것에도 제대로 대답하는 법이 없었습니다. 취미가 독서라고 해서 요즘 무슨 책을 읽느냐 물어보면 답을 안 하고, 옷이 예뻐서 어디서 샀느냐 물어도 뚜렷한 대답을 하지 않았습니다. 질문 내용만을 따로 보면 이유를 알 법도 하지만 모든 질문에 그런 식이니, 나중에는 사람들이 그에게 더 이상 말을 걸지 않더군요.

어느 정도 친근한 집단에서라면 솔직히 마음을 나누면서도 거리를 유지하기 위해 몇 가지 생각해 놓을 것이 있습니다.

사람들을 대할 때마다 정보 공개 여부에 갈등하지 말고 미리 정해 놓으면 좋습니다. 예를 들어 '사는 곳은 동 단위까지, 직장, 결혼 유무' 이런 식으로 범위를 정해 놓고 거기까지는 편하게 이야기하겠다고 생각해 보세요. 태도가 경직되지 않으면서도 원하는 거리를 지킬 수 있습니다.

정보를 공개할 때는 되도록 구체적인 숫자를 말하지 않는 것도 방법입니다. 책에서 미국 주부들 커뮤니티의 불문율에

내 쪽에서 진심을 담아 하는 충고라도
메시지가 상대의 중심에 닿기는 어렵습니다.
아무것도 바꿀 수 없으면서
관계만 다치는 경우가 대부분입니다.

남인숙의 어른수업

대한 글을 본 적이 있습니다. 남편과의 잠자리에 대해서는 자세하게 수다를 떨어도 남편의 연봉에 대해서는 서로 묻고 말하지 않는 게 암묵적인 약속이라고 합니다. 잠자리 이야기를 화제 삼을 정도로 가까운 관계라면 아마 서로의 배우자 수입이 어느 정도일 거라는 짐작은 하고 있을 것입니다. 그들 사이의 진짜 금기는 숫자로 구체화한 정보를 주고받는 일입니다.

사람들에게 자신을 내어 보일 때는 숫자를 말하지 않는 일이 도움이 됩니다. 사연 속 주인공처럼 가까워지고 싶은 관계에서 경제적인 우월함을 드러내는 게 저어된다면 솔직하게 말하되 숫자 말하는 걸 피하면 됩니다.

친구들 무리 중 한 명이 사업과 재테크에 성공해 작은 빌딩 하나를 매매했다는 것을 다들 알고 있었습니다. 공실 없이 세입자를 다 들인 상태니 월세 수입이 상당할 거라는 것도 예상 가능한 일이지요. 그런데 어느 날 짓궂은 친구 하나가 월세 수입이 구체적으로 얼마나 되냐고 집요하게 물었습니다. 끝내 '월 4천만 원'이라는 숫자를 듣게 되었는데 그때 그 자리에 있던 이들의 반응이 예상보다도 격렬하더군요. 누구는 뼈 빠지게 일해도 세후 몇백인데 인생 허무하다고 하기도 하고, 갑자기 소고기를 쏘라며 재촉하기도 하고, 느닷없이 투자를 하라는 이도 있었습니다. '꽤 벌지 않을까?'라는 짐작과 '4천만 원'이라는 숫자 사이 인식의 차이는 어마어마한 것입니다.

한편으로 '벽을 치다'라는 말은 직접 듣게 될 정도로 방어적으로 만드는 사람들을 새로운 인연으로 만들지 않는 게 나을 수도 있습니다. 사연자님에게는 이제 자신에게 특별히 위화감을 느끼지 않을 만한 사람들이 모인 친교 집단도 필요할 때가 된 게 아닐까요? 이전 관계를 유지는 하되 달라진 감성을 공감할 수 있는 사람들 사이에 섞여 보는 것도 좋습니다. 그러면 잘난 척하는 것으로 보일까 봐 몸을 움츠리는 지금보다 더 나은 태도로 사람들과 어울릴 수 있습니다.

* 관계에서 거리를 조절하는 법
1. 충고나 비판은 아예 하지 않겠다고 생각해 두기
2. 남의 자식에 관한 화제는 칭찬 외에는 모두 금지
3. 불필요한 신비주의 금지
4. 솔직하되 구체적인 숫자 말하는 것에는 신중하기
5. 솔직해도 되는 사람들과도 어울려 보기

남인숙의 어른수업

개구리에게 무심코 던지는
돌, 말실수

저는 20대 여성인데요, 얼마 전에 친구 무리에서 손절당했습니다. 작가님이 서로 맞는 사람이 있고 친구 관계도 흘러가는 것이니 너무 집착하지 말라고 하셨던 말씀이 기억나요. 그런데 저는 이게 처음 있는 일이 아니라는 게 문제입니다. 이번에는 제가 친구 부모님 관련해서 말을 한 게 있는데 그땐 그게 그렇게 친구에게 상처가 되는 건지 몰랐거든요. 실수니까 진심을 다해 사과하면 용서해 줄 거라고 생각해서 연락했더니 이런 대답을 들었습니다. 제 말실수가 처음이 아니고 그동안 친구들이 너무 상처를 받았다고요.

이번 일로 저를 많이 돌아보게 됐는데 아마 이전에 사람들에게 손절당한 것도 말실수 잘하는 게 원인이었던 것 같습니다. 그런데 이걸 깨닫고 나니 사람들을 어떻게 대해야 할지 더 막막해졌습니다.

친해지면 편하게 말을 하게 되고 그러다 보면 저도 모르게 선을 넘는 것 같은데 제 느낌상으로는 이 정도는 말을 해도되지 않나 싶은 게 많거든요. 꼭 지나고 나서 상대가 반응을 보여야만 그게 잘못된 말이었다는 것을 알게 됩니다. 주변 사람들한테 상담해 보니 다들 '그 말을 네가 들어도 기분 좋겠냐'고 되묻더라고요. 그런데 진심으로 저는 제가 그 말을 들어도 아무렇지도 않을 것 같습니다. 감이 없는 제가 어떻게 하면 말실수를 하지 않고 관계를 잘 이어 나갈 수 있을까요?

말실수 때문에 관계가 자꾸 어긋날 때 가장 먼저 살펴보아야 할 것은 화법이 아니라 마음속 진심입니다. 따라서 한 번쯤 스스로에게 이렇게 질문을 해 보아야 합니다.

'내가 한 말은 진짜 말실수였을까?'

누구나 실수를 합니다. 사람들도 대체로 실수에 관대합니다. 그러나 실수가 계속 반복된다면 그건 더 이상 실수가 아닌 태도가 됩니다. 말실수도 마찬가지입니다. 어떤 사람이 상대방의 심상을 어지럽히는 말을 자주 한다는 건 그 입장이나 상황, 기분 등을 헤아리지 않는 사람이라는 의미입니다. 어쩌면 은연중 상대방을 무시하는 마음이 있을 수도 있습니다.

태도가 잘 다듬어진 사람들은 마음 깊은 곳에서 상대의 부족해 보이는 면을 의식해도 그게 표면으로 드러나지 않게 애를 씁니다. 그건 가식이기 이전에 상대에 대한 기초적인 배려입니다. 말실수를 자주 하는 사람이라면 이런 배려가 부족한 사람이라는 것을 스스로 인정하는 것이 먼저입니다.

태도는 학습과 수정을 통해 달라질 수 있는 것이기 때문에 그 이후부터 노력하면 됩니다. 그렇게 하지 않으면 본인 의지와 상관없이 소외된 삶을 살거나, 나쁜 태도를 수용해 주는 것밖에는 장점이 없는 사람들과 관계를 맺을 수밖에 없게 됩니다. 좋은 사람들과 더불어 질 높은 관계를 누리고 싶다면 내가 좋은 사람이 되어야 하는 것은 당연한 일입니다. 그리고 말실수를 계속하면서도 내면은 좋은 사람이라고 믿는 자아상에 모순이 있다는 것도 빨리 깨달아야 합니다.

상대가 싫어할 만 한 말과 태도를 직관적으로 알아차리는 데에 어려움이 있는 사람들은 분명히 있습니다. 이런 이들에게는 학습과 그것이 쌓일 세월이 필요합니다. 때로는 좋은 태도를 몸에 익힌 이후에도 간혹 말실수가 나옵니다. 이런 사람들은 행동으로 빈 곳을 채울 수밖에 없습니다. 말실수로 움푹

파이곤 하는 관계의 수평선을 호의를 담은 행동으로 채워 넣어 평평하게 만드는 것입니다. 주변에서 말을 막 하는 것 같은데도 관계에 문제가 없는 사람을 목격한다면 그는 그만큼 말로 패인 구덩이를 잘 메꾸는 사람일 것입니다. 그런 이들은 에너지나 재원이 풍부해서 실질적인 도움을 주변에 베푸는 경우가 많습니다.

전에 우스개로 떠도는 짧은 글을 본 적이 있는데 명절 때 만난 친척 어른이 건네는 말의 의미 차이 비교였습니다.

취직은 언제 할 거니?
살은 왜 그렇게 쪘니?

(백만 원을 주며) 취직은 언제 할 거니?
(백만 원을 주며) 살은 왜 그렇게 쪘니?

전자는 가부장제의 위계를 틈탄 무례함으로 느껴지지만 후자는 '진심으로 나를 걱정해주는 어른의 한마디'로 느껴진다는 것입니다. 용돈을 준다는 실질적인 행위 때문에 같은 말이라도 그 속의 진심이 다르게 들리는 것이지요. 말을 나오는

남인숙의 어른수업

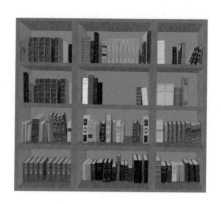

어떤 사람이 상대방의 심상을 어지럽히는

말을 자주 한다는 건 그 입장이나 상황,

기분 등을 헤아리지 않는 사람이라는 의미입니다.

어쩌면 은연중 상대방을 무시하는

마음이 있을 수도 있습니다.

대로 뱉으면서도 관계를 잘 유지하고 싶다면 베푸는 행동의 양과 질을 늘리면 됩니다. 하지만 우리 중 그 정도로 베풀 여력이 있는 사람이 얼마나 될까요? 잘못 건넨 말이 파내는 마음의 구덩이는 생각보다 깊습니다. 그걸 채울 수 있는 호의적인 도움의 양은 평범한 사람의 예상보다 훨씬 많습니다. '잘해주고도 배신당했다'라고 생각하는 독설가들의 상당수는 그 양에 못 미치는 행동을 관계에 부은 것이기 쉽습니다. 그러니 우리의 최선은 최대한 말의 고삐를 잡고 그러고도 빈틈이 생긴다 싶으면 그 빈틈을 행동으로 채우는 것 정도입니다.

말실수를 줄이는 데에 성공한 이들의 예외 없는 공통점이 하나 있습니다. 전체적으로 말수가 줄어든다는 것입니다. 조심성 없는 성격이면서 수다쟁이라면 당연히 말실수가 자주 나오게 되어 있습니다. 어떤 현상이든 모수가 많아지면 결괏값도 늘어나게 되어 있으니까요. 말을 많이 하면 그중에 실수가 섞일 가능성도 높습니다.

게다가 자신의 말을 많이 하면 상대가 보내는 불쾌함의 신호를 보지 못해 말실수가 더해지기도 합니다. 말실수란 상대를 읽지 못해서 생기는 것이니 내 말을 줄이고 상대에게 더 귀 기울이면 당연히 줄어드는 것이지요.

소통할 때 시간차가 나는 메신저를 적극 활용해 보는 것도 좋습니다. 물론 여기에 동의할 수 없는 이유도 있습니다. 요즘에는 상대에게 상처 주는 말을 메신저로 해서 문제가 생기는 경우도 흔하고, 말솜씨 나쁜 사람들이 글솜씨도 나쁘기 때문입니다. 게다가 문자화된 내용이 기록으로 남는 수단이므로 실수가 두고두고 오점으로 남을 위험도 있습니다. 하지만 일단 말에 대해 의식하기로 결심했다면 텍스트 메시지를 통한 소통이 더 유리한 면이 분명히 있습니다. 아무래도 직접 입에서 나오는 말보다는 정제해서 쓸 수 있는 기회가 있으니까요. 관계에 능숙한 다른 사람들이 어떻게 말을 하는지 살펴보고 복습할 수 있는 수단이 되기도 합니다.

조금 느리더라도 생각해서 메시지를 쓰고 시간을 들여서 상대의 메시지를 해석해 보는 연습을 반복하다 보면 기분 좋게 소통하는 습관을 몸에 들일 수 있을 것입니다.

실수한 것을 알게 되었다면 바로 짚어보고 사과하는 것도 좋습니다. 말실수를 잘하는 이들 중에는 배려도 배려지만 표현력이 부족해 오해를 사는 사람들도 꽤 있습니다. 그런데 그 오해를 눈치챈 후에도 귀찮거나 상대의 반응에 마음이 상해버려 설명을 하려 들지 않는 경우가 적지 않습니다. 상대가 의미를 오해했다는 걸 느낄 때 그 자리에서 확인하고 바로잡는 태도가 소통에 많은 도움이 됩니다. 그렇게 하지 않으면 편견 담긴 꼬리표를 달게 되고 다음부터 별 의미없는 말도 계속 나쁜 방향으로 해석하며 비호감이 적립되기 쉽습니다. 이거야말로 본인에게 억울한 일이지요. 이런 식으로 오해가 굴려져 집채만 한 덩어리가 되면 해명을 해도 받아들여지기 어렵습니다.

"혹시 방금 빨간색 옷 싫다고 한 거 네 스웨터 보고 한 얘기로 오해하는 거 아니지? 남 이야기가 아니라 나한테 빨간색이 안 어울린다는 뜻이야."

이런 식으로 말한다면 어쩌면 조금 예민한 사람으로 보일 수 있습니다. 하지만 빨간색 옷을 입은 사람을 옆에 두고 그런 사람을 싫어한다고 모욕하는 사람으로 보이는 것보다는 훨씬 낫습니다.

만약 오해가 아니라 정말 말실수를 했다면 되도록 빨리 사과를 하는 것도 좋습니다. 나쁜 감정은 후숙되는 과일과 같습니다. 그 자리에서 별 느낌이 없었어도 시간이 지날수록 강렬해지며 실제 이상으로 과장되기도 합니다. 기분 상하게 하는 말을 들을 때는 독침이 스치는 것처럼 알듯 말듯 따끔하지만, 집으로 돌아오는 길에 가슴이 답답해지기 시작하고 밤에 잠을 이루지 못하는 식이지요. 그래서 그 자리에서 털어버리는 게 중요한 것입니다.

이런 여러 시도는 사실 용기가 필요한 일이기도 합니다. 그러나 말을 조심하는 사람들의 눈에는 말을 거르지 않고 내뱉는 모습이 더 용감해 보일 것입니다. 다른 어떤 시도도 말실수하는 것보다 불편한 결과가 나올 일은 없으니까요

저마다 자신만의 한계를 뛰어넘으면서 우리는 점차 진짜 어른이 되어 갑니다.

＊ 말실수를 줄이는 법
1. 스스로 상대를 배려하는 마음이 있는지 진심을 돌아보기
2. 실질적인 도움이나 친절을 더 베풀기
3. 전체적으로 말을 줄이기
4. 문자 소통으로 좋은 태도 연습하기
5. 오해를 푸는 것이나 사과는 그 자리에서 바로 하기

가장 긴 시간을 함께 보내는
타인, 직장동료

　저는 공직에 근무하고 있는 3년 차 직장인입니다. 제가 일하는 곳은 5명이 한 공간을 공유하는 환경인데, 그 작은 공간에서도 주도권 다툼이 있고 서로 없을 때 험담을 합니다. 이번에 새로 옆자리 동료가 된 분이 유난히 남 이야기를 즐겨하는 사람입니다. 옆에서 자꾸 말을 하는 것도 모른 척하기 힘들어서 그냥 열심히 들어주는 척했습니다. 그런데 그게 와전되어 제가 그 의견을 낸 것처럼 소문이 퍼졌습니다. 이제 옆자리 동료와는 말도 섞기 싫습니다.

　아무래도 제가 거절을 잘 못하는 성격이라 이런 일을 당한 것 같습니다. 상사가 항상 저에게만 일을 몰아주며 다그치는 것도 그래서겠지요. 직장 인간관계에 마냥 환멸만 느껴지는 저는 어떻게 해야 할까요?

남인숙의 어른수업

직장은 잠자는 시간을 제외하고 집보다 오래 있는 공간입니다. 불편한 걸 당연히 여기고 참기에는 생활에서 차지하는 지분이 너무 큽니다. 사회생활을 하면서 동료들과의 관계에 어려움을 느낀다면 오래 살아남은 선배들이 기본 수칙이라고 하는 주의 사항을 잘 지키고 있는지 점검해 보아야 합니다.

사람들과 대화를 할 때 그 자리에 없는 다른 사람 이야기를 입에 올리는 건 본능에 가깝습니다. 어떤 계기로 인해서 누군가에게 못마땅한 감정을 갖게 되면 그 감정을 공감받고 싶은 욕구가 뒤이어 생기기 때문입니다. 타인에 대한 험담을 공유하면서 공감대를 만드는 일이 흔한 것도 그래서입니다. 그런 마음 자체가 나쁘다기보다는 그것을 최대한 잘 참는 사람이 인격적으로 성숙한 사람들이라고 할 수 있습니다. 하지만 직장에서는 이 '남 이야기하는 태도'를 정말 잘 관리해야 합니다. 사적인 관계에서는 감정이 어긋나고 평판에 문제가 생겨도 거리를 두면 그만입니다. 인정으로 적당히 넘어가는 경우도 많습니다. 하지만 직장 안에서 이런 일에 휘말리게 되면 생업이 훨씬 더 고단해지게 됩니다.

직장은 친구나 가족보다 인간관계가 더 긴 시간 이루어지는 폐쇄적인 곳입니다. 소문이 참 빠르게 돌고 쉽게 와전됩니다. 한 번 나빠진 평판을 회복하기도 어렵습니다. 그래서 남의 험담을 하거나 말을 옮기는 건 금기 사항입니다. 심지어 사연자님처럼 남의 험담을 듣고만 있는 것조차 거기 가담한 일이 되어 버리곤 합니다.

직장 동료가 험담을 하면 형식적이라도 맞장구치지 말고 화제를 바꾸거나 자연스럽게 자리를 피하는 것도 방법입니다.

"그랬구나... 그건 그렇고 오늘 구내식당 메뉴는 뭐예요?"

이런 정도면 어떨까요. 이런 반응이 반복되면 상대방도 말하는 재미가 없어져 그만두게 됩니다.

한편으로는 자신의 이야기를 많이 해서 스스로 소문의 주인공이 될 빌미를 만들지 않는 게 좋겠습니다. 좋은 것이든 나쁜 것이든 조직 안에서 개인의 사생활은 와전되어 돌아와 안 좋게 작용하는 경우가 많습니다. 어느 신입 사원은 자기 명의 아파트가 한 채 있다는 말을 했다가 퇴사할 때까지 '취미로 회사 다니는 사람'이라는 말을 들어야 했습니다. 같은 노력을 해도 남보다 덜 열심히 일한다는 평가를 받았다는 걸 이직하고 나서야 깨닫기도 했습니다.

직장도 결국 사람들이 있는 곳이라 마냥 자신을 숨기고 형

남인숙의 어른수업

식적으로만 대할 수만은 없습니다. 다만 사생활은 최대한 말하지 않는다는 생각으로 자신을 공개하는 선을 미리 정해 놓는 것이 좋습니다.

직장이 친구 만드는 곳이 아니라는 걸 늘 기억해 두는 것이 관계의 기본입니다. 많은 시간을 보내는 직장에서 서로 마음 터놓고 대화하고 의지가 될 친구를 만들고 싶은 바람이 터무니없는 것은 아닙니다. 그래서인지 직장에서 속 깊은 관계를 맺고 싶어 하는 이들이 적지 않습니다. 그러나 단언컨대 직장은 친구를 만들겠다는 마음을 가지고 다녀서는 안 되는 곳입니다. 그건 직장이 생업을 위해 붙박이로 있어야 하는 장소이기 때문입니다. 이해관계를 따지지 않아야 하는 것이 전제인 친구라는 관계와 생업의 배경인 직장의 조합은 시작부터가 모순입니다. 양보하기 곤란한 이익과 관계의 충돌 지점을 반드시 만나게 되어 있습니다. 그 충돌을 많은 사람들이 '인간에 대한 환멸'을 느낀 경험으로 기억하곤 하지요.

실제로 어떤 감정을 갖고 있는 상대건 매일 만나고 소통해야 하는 곳이라 직장에서는 모두와 그럭저럭 잘 지내야 합니다. 그러기 위해서는 상호작용을 할 때 바짝 정신을 차려야 합니다. 직장 안에서의 인간관계도 업무의 일부인 셈이지요.

많은 사람들이 직장에서 사적인 관계를 맺고 싶어 하지 않는 이유입니다. 여러분이 직장에서 누군가와 친구가 되고 싶어 한다면, 그건 상대방 입장에서 추가 수당도 없이 업무가 늘어나는 일이 될 수도 있습니다.

물론 직장도 사람들이 있는 곳이니 서로 호의적인 감정으로 더 가깝게 지내게 되는 사람도 있고, 직장에서 만난 이들과 가까운 친구가 되는 경우도 있습니다. 하지만 그건 '결과'일 뿐 처음부터 바라서는 안 되는 일입니다. 또한 친구가 되었다고 생각하고 있었는데 상대방은 직장동료 범위 안에서만 자신을 생각하고 있었다는 걸 알고 상심하는 경우가 너무나 흔하다는 것도 미리 알아두시면 좋겠습니다. 드라마에 등장하는 것처럼 어떤 상황에서도 내 편이 되어 주고 회사 밖에서도 붙어 다니며 함께 시간을 보내는 직장 친구는 판타지입니다.

직장이라는 한정된 공간에서는 자기 일을 잘하면서 적당히 친절하면 충분합니다.

'직장에서는 일 잘하는 게 착한 거다'
이런 말 들어본 적 있으신가요?
모든 게 잘 돌아가도 힘이 드는 직장생활에서는 일 잘하는

사람이 좋은 사람인 게 맞습니다. 하지만 그렇다고 해서 일만 열심히 하면 다들 알아줄 거라고 믿는 것도 영리한 일은 아닙니다. 거절하지 않는 업무는 한계 없이 쌓일 뿐이고, 어느 순간부터 내가 해내는 그 많은 일들이 당연한 것이 됩니다. 묵묵히 참는 일들이 한계점을 넘어 억울한 감정으로 넘쳐나게 되면 나는 동료들 사이에서 열심인 사람보다는 예민한 사람이 되고 맙니다.

내 업무 범위가 아니면 그때그때 필요에 따라 거절할 줄도 아는 사람이 되어야 이런 악순환을 막을 수 있습니다. 표현이 서툴고 어려울 수도 있지만 자꾸 해 보면 익숙해지게 됩니다. 지금 내 일만으로도 벅차다, 그건 내 업무 범위가 아니다, 이런 식으로 필요한 말은 할 수 있어야 합니다.

사실 여기서 거절보다 더 주의할 건 '태도'입니다.

여러분이 동료에게 비번 날짜를 바꿔 달라고 부탁하고 그가 거절을 하는 상황을 상상해 보세요.

"어쩌죠? 저도 그날 일이 있는데 날짜를 옮기는 게 어려워요."

이렇게 말하는 동료에 대해서 느낄 만한 감정도 상상해 보세요. 반면, 어떤 동료는 이렇게 반문합니다.

"제가 왜요?"

여러분이 직장에서 누군가와 친구가 되고 싶어 한다면,
그건 상대방 입장에서 추가 수당도 없이
업무가 늘어나는 일이 될 수도 있습니다.

이건 실제로 있었던 일을 재구성한 것입니다. 어차피 거절이라는 점에서는 마찬가지지만 후자의 동료는 이제 여러분 마음 밖으로 쫓겨난 사람이 되어 있을 것입니다. 직장은 친구를 사귀는 곳은 아니지만 원한을 사서도 안 되는 곳입니다. 당장 저런 언행으로 보는 불이익은 별로 없겠지만 이처럼 상대방을 배려하지 않는 태도가 쌓이면 실제로 불이익도 받게 됩니다.

직장 안에서 소통할 때는 너무 돌려 말하지 않고 분명하게 내용을 전달하는 습관을 가져 보세요. 그리고 그런 내용은 무례하거나 적대적으로 들리지 않는 화법에 담습니다.

직장 생활은 원래 힘듭니다. 그리고 그 힘듦의 절반 이상을 차지하는 게 인간관계입니다. 이걸 알고 있으니 우리는 웬만하면 참아보려고 하고 힘들어하는 자신의 나약함을 탓하곤 합니다.

하지만 직장도 감정을 가진 사람이 모여 있는 곳이라 매 순간이 힘들지는 않습니다. 아무 감정도 느끼지 않는 중성적인 시간이 대부분이고 힘들다고 느끼는 순간 가끔, 거기서 회복해 나오기까지 걸리는 시간이 며칠. 이 정도입니다. 동료들에게서 인간애를 느끼는 선물 같은 순간도 있습니다. 이 이상으로 매일 출근이 형벌처럼 느껴진다면 이건 무언가 잘못된 것입니다.

어떤 조직은 여러분과 끔찍하게 안 맞을 수도 있습니다. 어떤 조직에는 별다른 이유 없이 새로운 사람을 괴롭히는 무리가 형성되어 있기도 합니다. 또 어떤 조직에서는 부하직원들을 말라 죽을 지경까지 몰아붙이는 이상 성격 상사가 권한을 틀어쥐고 있기도 합니다. 여러분이 웬만큼 노력을 해도 관계로 인한 고통에서 벗어날 수 없는 경우가 얼마든지 있다는 의미입니다.

만약 여러분이 잠들 무렵 '내일 출근 안 해도 되게 지구가 멸망하면 좋겠다'라는 상상을 한다든지, 출근길에 '교통사고가 나면 출근 안 해도 되겠지'라고 중얼거리곤 한다면 그것을 위험 신호로 받아들여야 합니다. 자아를 망가뜨리면서까지 참아서 유지해야 할 일은 세상에 없습니다.

우선 직장 안에서 다른 조직으로 옮겨갈 수 있는지 알아보고, 그게 어렵다면 직장을 그만둘 수 있다고 생각할 줄도 알아야 합니다. 일터에서 관계 때문에 극단적인 선택을 한 이들의 상당수가 진입장벽이 높거나 남들이 부러워하는 직장 소속이었다는 점을 되짚어 볼 필요가 있습니다. '절대로 그만둘 수 없다'는 생각은, 스스로 마음이 위험한 상황을 감지하고 판단할 힘을 잃을 때까지 자신을 몰아세우곤 하니까요.

조금만 힘들어도 그만두라는 의미가 아닙니다. '정말 아니면 그만둘 수도 있다'라는 메시지를 품고 있는 것만으로도 힘이 됩니다.

어떤 순간에도 가장 소중한 것은 '나의 커리어', '나의 기대' 등이 아니라 나 자체라는 걸 잊지 마세요.

＊ 직장 인간관계 기본 원칙

1. 소문에 가담하는 일에 신중하기
2. 직장에서 친구를 만들겠다는 생각을 버리기
3. 친절하지만 분명하게 의사 표현하는 연습을 하기
4. 정말 힘들면 그만둘 수도 있다고 생각하기

잘하려고 할수록 꼬이는 인간관계,
노력을 중단하기

저는 직장 인간관계로 힘든 30대 후반 직장인입니다. 제가 나이는 있지만 경력 단절이 되어서 작년에 지금 회사에 입사했습니다. 사정이 이렇다 보니 저와 나이가 비슷하거나 어린 상사가 대부분입니다. 그런데 그분들이 저를 별로 좋아하지 않는 것 같습니다.

친근하게 대화를 주고받는 일도 거의 없고 업무 외 먼저 말을 거는 일도 거의 없습니다. 저는 오랜만에 사회복귀를 해서 회사 생활을 잘하고 싶습니다. 동료들과 잘 지내는 것도 업무능력이고 사회생활의 일부라고 생각해서 그동안 노력을 많이 했습니다. 간식도 돌리고 책상 위에 다육이 화분도 깜짝 선물로 놓아드리고 칭찬도 열심히 해드리고 있어요. 이렇게 노력을 했는데도 조금도 관계가 나아질 기미가 보이지 않습니다.

어떻게 하면 그분들과 친해질 수 있을까요?

사연에서 '직장 안의 인간관계도 업무능력이다'라는 말이 나옵니다. 그러나 이 말을 잘못 이해하면 오히려 직장 생활이 더 힘들어질 수도 있습니다.

일터에서 인간관계가 중요한 것은 일할 때 소통이 잘되고 협조를 잘 구할 수 있기 때문입니다. 이것은 사연자님이 생각하는 것처럼 '친해지는 것'과는 다른 의미입니다.

저의 지인 중에는 회사에서 비열한 구석이 있다, 비호감이다라는 평을 듣는 사람이 있습니다. 그런데 상사나 부하직원과 업무 관련 소통을 할 때는 설득을 잘합니다. 인격적으로는 싫을지언정 자기 이익을 위해서 이 사람과 잘해봐야겠다는 생각이 들게 만듭니다. 업무를 잘 해내기 위해서 필요한 관계만큼은 자신의 방식대로 잘 운용하는 것이지요. 그래서 성격에 비해 비교적 무난하게 회사 생활을 합니다.

직장에서는 자기 일만 잘해도 필요한 만큼의 관계는 저절로 만들어집니다. 동료들도 자신의 일을 무난하게 해내기 위해서 나와 마찰 없이 잘 지내고 싶어 하기 때문입니다. 회사에서 함께 일을 하는 사람은 서로 예의 지키며 적당히 친절하기만 하면 됩니다. 거기서 뭔가를 더 잘하려고 하는 게 오히려 예외적인 것입니다.

회사 안에도 사람을 아주 좋아하고 노련하게 자기 마음을 잘 표현하는 사람들이 있습니다. 이런 이들은 타고나기도 하고 어릴 때부터 먼저 다가가는 일에 익숙한 사람들입니다. 관계가 서툴고 어려운 사람들이 섣불리 모방해서는 안 됩니다.

물론 직장도 사람이 있는 곳이니 감정적인 연대가 아주 생기지 않는 것은 아닙니다. 직장 생활 잘하면서 '친해지기보다는 친절해지자' 정도로 생각하다 보면 차츰 더 가까운 사람이 생기기도 합니다. 그건 인생이 주는 선물이라고 생각하면 됩니다.

만약 사연 속 감정적 거리감이 사연자님에 대한 비호감 때문이라면 우선은 업무 능력을 높이는 게 최선입니다. 직장 안에서는 일을 잘해서 나를 편하게 해 주는 사람이 호감인 사람이 됩니다. 업무 능력이 떨어지는 신입이 친해지려고 다가오면 일을 덤터기 쓰게 될까 봐 일부러 거리를 두는 사람들도 적지 않습니다. 어디까지나 직장은 저마다의 생업이 이루어지고 있는 공간이라는 것을 잊어서는 안 됩니다. 경력 단절로 사회생활에 복귀해 적응이 잘 안된다면, 좋은 관계를 만들어 동료들이 도와주기를 기대하기보다는 조금이라도 빨리 도움이 필요 없는 사람이 되어야 합니다.

남인숙의 어른수업

직장 생활 잘하면서 '친해지기보다는 친절해지자' 정도로
생각하다 보면 차츰 더 가까운 사람이 생기기도 합니다.

만일 업무능력이 좋아졌는데도 사람들이 여전히 나를 좋아하지 않는다면, 그것은 더 이상 노력해서 되는 문제가 아닙니다. 사람이 사람을 좋아하거나 싫어하는 마음은 당사자의 노력으로 조절되는 것이 아닙니다. 또 사연 안에 나와 있는 관계의 거리가 그 회사의 분위기일 수도 있습니다. 어떤 이유든 더 이상 가까워지기를 원하지 않는 상대에게 너무 다가가고 선물하고 하는 행동은 오히려 부담일 수 있습니다.

원래 싫은 사람이 뭘 해준다고 해서 좋아지는 게 사람 마음이 아닙니다. 사람 마음은 그런 식으로 작동하지 않습니다. 때론 첫눈에 좋아지기도 하고 시간이 흐르면서 접촉면이 넓어지며 가까워지기도 하고 어떤 사람들은 아무 이유 없이 데면데면하게 지내기도 합니다. 관계는 내가 괜찮은 사람으로 존재하며 타인에게 친절하다 보면 자연스럽게 찾아오는 것입니다.

직장에서 껄끄럽지 않은 관계는 명료하고 친절하게 소통

하려고 노력하는 것만으로도 가능합니다. 하지만 감정적인 호감을 노력해서 단시간 내에 얻겠다는 자기 계발적인 결심은 관계에서만큼은 유효하지 않습니다.

관계에 대해 고민하는 독자들의 이야기를 듣다 보면 관계가 좋지 않은 것을 유난히 못 견디는 타입인 사람들이 있습니다. 이런 사람들은 나를 그다지 좋아하지 않는 사람이 있으면 거기에 온통 관심의 초점을 맞추고 괴로워합니다. 하지만 이것처럼 인생에서 소모적인 태도는 없습니다. 직장이나 학교 등 특정 목적으로 사람들이 모이다 보면 그 안에서 모든 사람과 잘 지낼 수는 없습니다. 누군가는 아무 이유 없이 나를 마뜩잖아하고 누군가는 아무 이유 없이 나를 좋아합니다. 그걸 인정하고 나대로의 삶을 잘 사는 태도가 필요합니다.

특히 직장이라는 장소는 더 그렇습니다. 직장은 행복해지려고 가는 곳이 아니기 때문에 사이가 안 좋은 사람이 있어도 그러려니 할 수 있어야 합니다. 원한을 갚아야 하는 정도의 사이만 아니면 됩니다.

인생의 모순은 여기서도 작동합니다. 나를 싫어하는 사람이 있는 걸 못 견디며 안달하는 성향일수록 사람들이 떠나가기 쉽습니다. 부정적인 면에 집중하는 사람들이 주변 사람들의 감정에 나쁜 영향을 끼치기 때문입니다. 여러분이 이런 유형이라면 관계를 좋게 하기 위해 힘을 쓰기보다는 자신의 삶에 집중하며 '나'에 대한 질문을 자주 해 보시면 좋겠습니다.

'어떻게 하면 나 자신하고 더 친해질 수 있을까?'

'어떻게 하면 더 멋진 사람이 될 수 있을까?'

'어떻게 하면 내 삶의 질을 한 단계 높일 수 있을까?'

'어떻게 하면 더 재밌게 살 수 있을까?'

나 자신에 대해 더 많은 질문을 하고 더 많은 것을 알아내면 나와 비슷한 관심사를 가진 사람들과 저절로 가까워지게 됩니다. 그냥 사이가 별로 안 좋을 수도 있다는 것, 별로 친하지 않은 사람이 있을 수도 있다고 생각하고 무던히 지내는 것은 생각보다 유용한 삶의 태도입니다.

* 직장에서 소외감 느낄 때

1. 직장에서는 일 잘하는 사람이 좋은 사람이라는 것을 기억하기
2. 상대의 호감을 얻기 위한 노력을 하지 않기
3. 친해지기보다는 친절해지자고 생각하기
4. 모든 사람과 친해야 한다고 생각하지 않기

눈치는 어떻게 키우나요?

저는 어릴 때부터 소위 '인싸'로 살아왔습니다. 이런 제가 직장생활을 하면서부터 사람들과의 관계에서 어려움을 겪고 있습니다. 직장 상사와 동료들 사이에서 자꾸 실수를 하는데 잘하려고 노력할수록 자꾸 악화되는 것 같습니다. 사회초년생이라면 점차 개선되는 게 기대되겠지만 저는 3년이 넘었는데도 나아지지 않습니다.

예를 들어 얼마 전 어려운 가정환경에서 자라 좋은 대학 졸업하고 우리 회사에 취업한 후배를 칭찬한 적이 있습니다. 저는 정말 대단하다고 생각해서 칭찬한 건데 다른 동료를 통해 들으니 그 후배가 굉장히 기분이 상했다고 합니다. 가정환경이 어려웠다는 것은 술자리에서만 우리들끼리 있을 때 나온 말인데 그렇게 공공연하게 말한 게 무례한 행동이었다는 것입니다.

이런 일이 반복되다 보니 점점 위축되고 사회생활에 자신이 없어집
니다. 가족들은 제가 굉장히 눈치가 없는 편이라고 하는데 이런 성격
도 타고나는 건가요? 아니면 눈치도 배울 수 있는 건가요?

눈치 없다는 것은 공감 능력과 관련이 있습니다. 다른 사
람의 입장, 혹은 기분을 직관적으로 헤아리지 못하는 상태가
곧 눈치 없는 것이니까요. 지난 수십 년간 유전자와 뇌과학에
대한 연구 결과가 쏟아지면서 공감 능력 역시 타고난다는 것
이 입증되었습니다. 하지만 우리의 모든 면들과 마찬가지로
이런 부분도 조금 더 마음을 쓰면 훨씬 나아집니다. 타고난
눈치가 없더라도 타인의 입장을 먼저 살피고 상황의 패턴을
익히면 적절하게 대처할 수 있는 사람이 될 수 있습니다. 눈
치도 역사나 수학처럼 배울 수 있습니다.

어릴 때부터 눈치를 배울 필요 없이 허용적인 환경에서 자
란 사람들 중 주변을 살피는 습관이 안 든 사람들이 많습니
다. 이렇게 자란 사람들이 사교적이거나 구김살 없는 성격이

면 학창 시절까지는 친구들과 잘 지냅니다. 그러다 사회생활을 시작하고 조직의 일원이 되면 상황이 달라지곤 합니다. 고맥락 문화권인 한국에서는 소통에서 눈치가 차지하는 비중이 높고 그것이 효율과 비용 절감에 기여한 것도 사실입니다. 만약 상사가 '적당히 해서 넘기고 퇴근하세요'라고 한다면 그 '적당히'는 상황에 따라 달라집니다. 사장님이 볼 정도는 아니니 최고 단계로 최선을 다할 필요까지는 없다는 말일 수도 있고, 최소한의 형식만 갖추고 완성하라는 말일 수도 있습니다. 대개의 직장인들은 일의 흐름을 살피고 그 상황에 최적화된 '적당히'를 찾아 일을 해냅니다. 그런데 만약 이 말을 할 수 있을 만큼만 하라는 말로 알아듣고 일을 마치지 않은 채 퇴근한다면 어떻게 될까요?

왜 분명하게 지시를 하지 않냐고 탓할 수도 있겠지만 그런 프로세스를 만드는 데에는 비용과 에너지가 듭니다. 여러 저맥락 문화권 선진국에서 일의 진행 속도가 느린 것에는 이런 이유도 있습니다. 간단한 지시 사항에도 양이 어마어마한 세부 사항이 포함되기 때문에 지시를 하는 쪽도 받는 쪽도 시간이 많이 걸립니다. 우리가 아무렇지도 않게 주고받는 일상의 메시지 안에는 사실 우리도 의식하지 못하지만 잘 알고 있는 합의 사항들이 생략되어 있습니다. 한국인들이 일을 빠르고 효율적으로 하는 것은 함축적인 소통 문화의 덕도 있는 것입니다. 하지만 이런 조직 문화에서 눈치가 없는 사람들의 불통은 곧바로 동료들의 스트레스로 이어집니다. 보통이라면 무난하게 지나갔을 업무가 이 사람들 때문에 두 번 세 번 해야 하는 짐 덩어리가 되기 때문입니다.

이제 우리 사회에서도 할 말은 직접적으로 분명히 하자는 목소리가 나오고 있고 분명히 변하고 있기도 합니다. 하지만 모두의 생계가 달린 직장에서 당분간 소통의 효율을 포기하는 것은 어려울 것 같습니다. 그리고 이미 효율이 습관이 된 사람들은 직장 밖에서도 소통에 눈치가 없는 사람들에게서 쉽게 답답함을 느낍니다.

눈치를 배우는 일은 이래서 필요합니다.

어디에서나 새로운 집단에 들어가면 우선 말이나 행동을 아끼고 다른 사람들을 관찰하시기 바랍니다. 그렇게 하면서 그 집단의 분위기, 합의된 맥락을 익히는 것입니다. 뭔가를 해야 한다면 다른 사람들을 따라 하면 됩니다. 때로 '모난 돌이 정 맞는다'는 속담을 끌어와 몰개성을 강요하는 한국 문화를 스스로 비판하는 의견도 많지만, 이런 면은 우리 사회에만 해당되는 것은 아닙니다.

온라인에서 독일 현지 회사에서 근무하게 된 한국인의 경험담을 읽은 적이 있습니다. 그는 한국에서 일하던 습관대로 열심히 일을 했습니다. 한국과 비교도 안 되게 이른 퇴근 시간에 정확히 빠져나가는 동료들과 달리 야근도 아무렇지도 않게 자처했습니다. 그러다 어느 날 동료에게 이런 말을 듣고 머리를 한 대 맞은 것 같은 기분을 느꼈습니다.

'너는 우리가 오랜 세월 싸워서 만들어 낸 시스템을 망치고 있다.'

독일에도 야근이 없는 것은 아닙니다. 분 단위로 수당을 챙길 수 있는 등 우리의 것과 개념이 다르긴 하지만요. 경험담의 주인공도 우선 다른 사람들이 하는 대로 따라 하면서 맥락을 살폈다면 더 환영받는 신입 구성원이 되었을 것입니다. 그나마 대표적인 저맥락 문화권인 독일이라 저렇게 직접적인 지적을 들어 쉽게 수정이 가능한 것일 뿐 어디에나 눈치라고 말할 만한 적절한 태도는 있습니다. 그것을 빨리 파악하는가 늦게 파악하는가의 문제일 뿐 의식하고 노력하면 누구나 필요한 만큼 눈치 있는 사람이 될 수 있습니다. 그게 사회화 과정의 일부이기도 합니다.

사람들이 악의가 없더라도 눈치 없는 사람들을 싫어하는

이유는 그게 타인을 배려하려고 노력하면 나아진다는 것을 알기 때문입니다. 실제로 너무 눈치 없는 사람들은 다른 사람들을 편하게 해 주려는 노력을 아예 하지 않는 경우가 많습니다. 같은 이유로 노력하는 사회초년생의 눈치 없는 실수에는 상대적으로 관대한 것이지요.

만약 '개인주의 시대에 내 일만 잘하면 되지 왜 불필요하게 눈치라는 게 있어야 하나?'라는 생각을 하고 있다면 많은 불이익을 감수할 각오를 해야 합니다. 사람들은 눈치를 키우려는 노력을 안 해서 해를 끼치는 것과 악의로 해를 끼치는 것을 그리 다르게 인식하지 않습니다. 그렇게 해서 직장 안에서 감정적으로 소외될 때 결국 가장 힘들어지는 것은 자신입니다.

인간이 스트레스를 받는 정도를 지수로 평가한 자료를 본 적이 있습니다. 자료에 따르면 여러 종류의 스트레스 중 사람이 다른 사람에게 배척받을 때 느끼는 것이 1위였습니다. 이것은 전투 중인 전쟁터에 있는 것보다 정도가 심한 것입니다. 이런 상황을 비켜 가기 위한 노력이 불필요할 리 없습니다.

눈치를 배워 키운다는 것은 사실상 내 머리 안에 데이터를 쌓는 작업입니다. 여기에 반드시 타고난 공감 능력이 필요한 것은 아닙니다. 영화 〈Her〉는 외로움을 느끼는 한 남자가 인공지능을 향한 사랑에 빠지는 과정이 나옵니다. 인공지능은 공감 능력이 없지만 경우의 수로 계산되어 데이터에 저장된 적절한 대답을 해서 기쁨과 위로를 줍니다. 주인공은 디지털 신호로 만들어진 '그녀'에게 공감 능력이 없다는 것을 분명히 알면서도 치명적일 만큼 깊은 사랑에 빠지게 됩니다.

데이터의 힘은 영화 속 세상에서만 통하는 것이 아닙니다. 몇 년 전부터 독거노인을 위한 인공지능 탑재 인형이 보급되고 있는데 이 인형이 약 먹는 시간도 챙겨 주고 말벗도 되어 줍니다. 간단한 대화가 가능할 뿐인 이 인형이 예상보다 노인들에게 큰 위안이 되어 관계자들도 놀라고 있다는 뒷이야기를 들었습니다. 인공지능 프로그램이나 인형조차 사람의 마

눈치를 배워 키운다는 것은 사실상
내 머리 안에 데이터를 쌓는 작업입니다.
여기에 반드시 타고난 공감 능력이 필요한 것은 아닙니다.

음을 움직이는데 사람은 어떨까요?

아무리 해도 눈치를 감지할 만한 감정의 기류가 안 느껴지는 사람은 자신이 인공지능이라고 생각하고 데이터를 학습하면 됩니다. 인공지능이 데이터를 학습한다고 하니 대단하게 복잡하고 어려운 과정일 것 같지만 사실 많은 정보를 일일이 기억시켜 여러 경우에 대처할 수 있는 경우의 수를 늘리는 일입니다.

전에 사람이 자동차 자율주행 인공지능을 학습시키는 아르바이트 과정을 지켜본 적이 있습니다. 도로 사진이 뜬 화면에서 아르바이트생이 사람을 클릭해서 사람이라고 알려줍니다. 경계석을 클릭하고 그걸 경계석이라고 알려줍니다. 만약 인공지능이 나무를 사람이라고 잘못 인식했다면 그 부분을 클릭해서 나무라고 고쳐 알려줍니다. 아르바이트하는 사람 입장에서는 하품이 나올 정도로 지루하고 단순한 작업입니다. 이런 일을 수만 수십만 번 반복해서 약간의 조건만 바뀌어도 바르게 인식하게 하는 것입니다. 이렇게 이루어지는 게 우리가 알고 있는 인공지능의 학습 방법입니다.

믿을 수 없겠지만 우리는 인공지능보다 훨씬 똑똑해서 그 정도로 많은 데이터를 입력할 필요까지는 없습니다. 한 가지 정보를 입력하면 비슷한 것들을 유추해서 수백 가지 경우를 예측할 수 있습니다. 유추할 수 있는 예측의 범위가 넓을수록 눈치가 있는 것이지요. 그래서 이 범위가 적어서 눈치가 없다면 경험의 개수를 늘리면 됩니다. 눈치 빠른 사람이 1개를 학습하는 동안 5개를 학습하는 것입니다. 그러나 여기서 보다 중요한 것은 숫자가 아니라 '학습'이라는 단어입니다. 아무리 다양한 경험을 한다고 해도 잘못된 값을 수정하지 않고 계속 데이터만 쌓는다면 잘못 학습된 인공지능처럼 결괏값에 오류가 날 것입니다. 그래서 배울 수 있고 배워야 한다는 인식이 머리 안에 있는 것이 중요합니다. 타고난 눈치가 없더라도 이런 인식이 있는 사람들은 빠르게 적응하고 시간이 지날수록 성숙한 사람이 됩니다.

눈치 내공이 올라가기 전까지는 그 집단 안에서 말수를 줄이는 것도 좋습니다. 관계에서 사람들의 실수는 주로 말에서 나옵니다. 특히 농담은 아예 하지 않겠다고 생각해 두는 게 낫습니다. 사람들과 함께 있는 시간이 어색할 때 농담을 하면서 분위기를 부드럽게 하는 게 좋겠다고 생각하지만, 눈치 없는 사람에게 농담은 치명적입니다. 원래 농담에서는 그 사람의 가치관과 인격이 가장 적나라하게 드러납니다.

생각해 보면 싫어하는 사람이 가장 싫은 순간은 그 사람이

남인숙의 어른수업

'웃자고 한 말'을 입 밖으로 꺼냈을 때일 때가 많습니다.

'00 씨 미니스커트 입고 마스크 쓰니까 훨씬 낫네. 앞으로도 다리는 내놓고 얼굴은 가리라고.' 라는 농담을 하는 상사라면 여성 부하직원에 대한 대상화, 성차별, 외모 지상주의, 서열 지상주의, 자기중심성 등의 가치관을 농담 한마디로 응축해 보여주는 셈입니다.

그래서 농담은 그 농담을 주고받는 사람들 사이에서 존재하는 맥락을 이해하지 못할 때 그 이질감을 가장 확실하게 보여주기도 합니다. 눈치 없는 사람이 당분간 농담을 하지 말아야 할 이유입니다.

눈치를 배우는 과정에서는 학습한 것을 조금씩 실천해 보는 것이 좋습니다. 머리로 학습한 것이 행동을 통해 경험이 될 때 훨씬 많은 것을 짧은 시간에 습득하게 됩니다. 게다가 배우려는 태도와 실천은 사람들에게 감동을 줍니다. 사람들은 노력하는 사람에게 관대하기 때문에, 미숙해서 하는 눈치 없는 행동이 관계에 지장을 주지 않습니다.

중간 연차인 직장인들의 이야기를 들어 보면 가끔 신입 사원들이 선배들 따라 하면서 무얼 열심히 하는데 그게 너무 어설플 때, 그 모습을 귀여워 보인다고 표현하더군요. 그런 호의적인 감정들이 쌓여 나중에 진짜 실수를 하게 될 때도 주변에서 좀 더 포용적이 되는 것입니다.

눈치가 없는 사람들은 타인에게 더 많이 주겠다고 생각하고 사는 게 좋습니다. 눈치가 빠른 사람들은 서로의 감정의 농도에 맞게 알맞게 베푸는 정도를 직감적으로 압니다. 하지만 그렇지 않은 사람들에게는 '적당하게' 주고받는 것에 대한 '감'이 없습니다. 그래서 정량적으로만 계산하게 되면 자신이 눈치 못 채고 있는 상대방의 호의나 손해를 쉽게 놓치게 되기 때문입니다. 그래서 눈치 없는 사람이 주는 만큼 받겠다는 태도로만 살게 되면 사람들에게 많은 실례를 범하게 됩니다. 몰라서 그러는 거다라고 이해는 하면서도 별개로 그 정도도 모르는 사람과는 교류하고 싶지 않다는 생각을 하고 마음속으로부터 떠나갑니다.

그래서 눈치 없는 사람은 좀 더 많이 베풀고 관용적인 사람이 되어야 합니다. 그래야 균형이 맞습니다. 이건 무리해 가면서 타인에게 베풀라는 뜻이 아닙니다. '여기까지는 내가 베풀어도 되는 선'이라고 생각하는 범위가 있다면 그걸 조금만 더 넓혀보자는 이야기입니다. 그래야 자신이 짐작하지 못하는 실수를 흡수해 주는 완충지대가 생깁니다.

'뭔가 감정이 어긋나기는 했지만, 저 사람은 나쁜 뜻으로 그런 게 아니야. 사람이 소통하다 보면 그럴 수도 있지.'

이 정도 믿음을 줄 수 있는 여지가 있어야 하는 것입니다.

여기서 중요한 것은 베풀고 잊어버리고 잊어버릴 수 있을 만큼만 베푸는 것입니다. 눈치 없는 사람이 자신이 준 것을 너무 잘 기억하게 되면 이것만큼 관계에 독이 되는 것이 없기 때문입니다.

---

* 눈치 없는 사람이 눈치 기르는 법

1. 다른 사람들을 관찰하고 따라 하기
2. 경험과 학습의 데이터를 쌓는다고 생각하기
3. 눈치 내공 올라가기 전까지는 말을 줄이기
   특히 농담은 하지 말 것
4. 학습한 것을 조심스럽게 실천해 보기

법정스님의 명언 중

'함부로 인연을 맺지 마라'라는 조언이 있습니다.

누군가를 나에게 영향을 줄 정도로

가까이 두려면 검증 과정을 거쳐야하고

그건 계산적인 행동이 아닙니다.

3부

나를 지키기

주변에 착취자를
불러들이는 사람들

저는 30대 전문직 여성입니다. 얼마 전 제가 가까운 친구에게서 들은 말이 충격적이라서요.

'너는 가만 보면 나쁜 사람들이 꼬이더라.'

'이쯤 되면 너한테도 문제가 있는 거야.'

사실 제가 그동안 문제가 좀 많았습니다. 결혼하면서 축의금 백만 원을 요구해서 그대로 해줬지만, 그 이후로 연락이 끊긴 친구도 있었고, 이유 없이 저를 오랫동안 괴롭히고 험담 하고 다닌 친구도 있었습니다. 돈 빌려주고 끝까지 못 받은 전 남자친구도 있습니다. 지금의 남자 친구도 저를 힘들게 하는데 남자친구에 대한 감정을 말하자면 막연히 뭔가 아니라는 걸 알면서도 놓치고 싶지 않습니다. 함께 있을 때 저를 행복하게 해주는 순간들을 생각하면 손해 좀 봐도 괜찮다는 생

각이 듭니다. 그동안은 그저 '인복이 없다'고만 생각했는데 정말 저한
테 문제가 있는 건지 궁금합니다.

　사람이 다른 사람을 도구처럼 이용하는 것은 최악입니다. 가장 나쁜 사람은 그렇게 남을 이용하려 드는 사람입니다. 하지만 어른이라면 그런 사람들을 알아보고 자신을 보호할 수 있어야 하고, 반복적으로 비슷한 피해를 당한다면 자신의 문제도 돌아보아야 합니다.

　다른 사람들은 평생 한 번 만나기도 힘들 착취자를 끊임없이 만나는 사람들은 그것을 '인복이 없다'라고 표현하며 운명으로 돌리곤 합니다. 하지만 착취당하지 않고 제 몫의 삶을 누리는 사람들이라고 해서 그런 사람과 옷깃도 스치지 않고 평화롭게 살아가는 것은 아닙니다.

　착취자들은 처음부터 자신의 진짜 얼굴을 드러내지 않습니다. 자신이 통제할 수 없을 것 같은 사람에게는 끝까지 본색을 드러내지 않거나 의도를 보이자마자 내쳐지기 일쑤입니다.

스스로를 어리석다며 자책하기 쉽지만, 영리하고 머리 좋은 사람들도 예외 없이 비슷한 일을 겪습니다. 착취자들의 타깃이 되는 사람들에게는 몇 가지 공통점이 있습니다.

이들은 생각하는 것을 귀찮아합니다. 물론 사람은 누구나 원래 머리 쓰는 걸 기피하는 성향이 있습니다. 두뇌를 작동시키는 일은 열량을 많이 소모하기 때문에 생존에 필요한 최소한의 생각만 하고 나머지는 습관에 의한 자동사고와 무의식에 맡기곤 합니다. 하지만 자신의 삶을 좀 더 주체적으로 사는 사람들은 이런 본능에 덜 휘둘립니다. 인간이 습관에 지배되는 존재라면, 좀 더 생각하는 것을 습관으로 만들어야 합니다.

사람이 생각을 해야 하는 상황은 선택을 해야 할 때입니다. 사람은 하루에 200가지 이상의 선택을 하며 산다고 합니다. 그중 상당수는 기준이 이미 정해져 있어서 별 갈등 없이 자동적으로 선택하는 상황입니다. 우유를 살 때마다 망설이지 않고 A 대신 항상 마시는 B를 선택하는 것 따위가 그런 것입니다. 문제는 내 의지가 조금 더 들어가야 하는 새로운 상황입니다. 모임에서 만나 얼굴만 아는 사람이 돈을 빌려달라고 하는 일 등이 그런 것에 속합니다. 꼭 사기꾼이 아니더라도 무리한 부탁을 아무렇지도 않게 하는 사람들은 생각을 귀찮아하는 사람들의 선택이 자기 쪽으로 움직이게 하는 데에 도가 터 있습니다.

그런데 이런 이들은 대개 자신이 생각을 깊게 하지 않고 사람을 대하는 면을, '사람에 대한 편견이 없다'고 자의적으로 해석하는 경우가 많습니다. 사람은 편견이 너무 없어도 안 됩니다. 우리가 인간 정신의 정수로 높이 평가하는 이들이 주창한 인문학적 성찰과 철학 등은 검증 과정을 거친 세련된 편견입니다. 모든 높은 가치를 다 갖겠다는 것은 결국 의견이 없다는 뜻입니다.

법정 스님의 명언 중 '함부로 인연을 맺지 마라'라는 조언이 있습니다. 누군가를 나에게 영향을 끼칠 수 있을 정도로 가까이 두려면 검증 과정을 거쳐야 하고 그건 계산적인 행동이 아닙니다. 이런 중간 과정이 귀찮아 생략하는 것을 자신이 편견 없다고 합리화하고 있는 것은 아닌지 생각해 볼 일입니다.

참 모순적으로 여겨질 수도 있지만 사람을 너무 만나지 않는 사람은 사람에게 착취당하기 쉽습니다. 착취가 사람을 통해서 이루어지니 사람을 피해서 살면 안전할 것 같지만 그렇지 않습니다. 관계에 있어서 장벽을 너무 촘촘하게 세워놓은 사람일수록 그것을 기어이 비집고 들어오는 건 일반적인 사람이 아닐 가능성이 높습니다.

고립된 관계 속에서 산다는 것은 착취자들이 아주 좋아하는 조건입니다. 사이비 종교단체나 불법 다단계 업체, 사기꾼들은 대상을 고를 때 인간관계가 좁다는 것을 호재로 꼽습니다. 그리고 속이는 과정에서 가장 먼저 손쓰는 작업이 다른 사람들에게서 고립시키는 것입니다. 다양한 사람을 통해서 얻게 되는 정보를 차단당한 상태에서 지속적으로 일정한 메시지에 노출되면 그것이 아무리 황당한 내용이라고 해도 믿게 됩니다.

누군가와 신뢰를 쌓으면 부탁을 할 수 있는
쿠폰이 생깁니다. 그런데 아직 쿠폰이 생기지 않은
관계인데 부탁을 한다면,
그 사람이 예사롭지 않은 것입니다.

남인숙의 어른수업

사연자님처럼 일상 속 지인들의 요구가 점점 당연해지는 것도 대개 그들과의 관계가 1대 1로 고립적인 환경에서 이루어지는 경우가 대부분일 것입니다. 착취당할 때는 당연하게 여겨지는 일들이 벗어나야 비로소 눈에 보이는 경험이 반복된다면 자신을 둘러싸고 있는 인적 환경을 반드시 돌아봐야 합니다.

반드시 밀착된 인간관계가 아니라도 여러 경로의 다양한 사람들과 끊임없이 교류하는 삶이 건강한 이유도 여기 있습니다.

착취자들의 타깃이 되는 사람들의 또 다른 공통점은 '수동형 가짜 착함'에 중독돼 있다는 것입니다.

저는 사연자님과 같은 이들은 바탕이 착한 사람이라고 생각합니다. 그러나 이런 종류의 착함은 '능동적인 진짜 착함'과 구분되어야 합니다. 타인의 부탁을 거절할 때는 정서적인 불편함이 필연적으로 따라옵니다. 어떤 사람들은 그것을 자신이 나쁜 사람이 된 것으로 혼동합니다. 그 불편함을 견디지 못해서 마지못해 하는 선택들이 나 자신은 물론 주변 사람들에게까지 피해를 주는 경우가 흔하기 때문에 이것을 '가짜 착함'이라고 말하는 것입니다.

오래전 지인 중 하나가 형제의 사업 부도 위기 때문에 곤란한 상황을 맞았습니다. 형제는 그에게 크게 대출을 받아달라고 했습니다. 하지만 그는 직장인인 자신이 대출해서 막을 수 있는 상황이 아니라는 걸 알 만큼 자기 인식이 뚜렷한 사람이었습니다. 끝까지 대출받아주는 것을 거절했고 이미 보증까지 선 부모, 다른 형제들에게 모진 말을 많이 들었습니다.

'너는 사람도 아니다.'

'피도 눈물도 없는 너와는 인연을 끊겠다.'

결국 그 형제는 부도를 냈고 다른 가족들은 모두 신용불량자가 되었습니다. 그렇게 거리로 내몰리게 된 가족들을 돌본 유일한 사람은 부탁을 거절한 그 지인이었습니다.

자, 이제 누가 착한 사람인가요?

우리는 부탁이라는 것에 대해 좀 더 생각해 볼 필요가 있습니다. 여기서 부탁이라는 것은 비즈니스적으로 서로 주고받을 여지가 있는 호혜적인 제안이 아니라 일방적이고 시혜적인 것을 말합니다. 동창이 '너 아는 사람 중 00 분야 전문가 있지? 우리 회사 프로젝트에 관심 있나 물어보게 다리 좀 놓아 줘'라고 연락이 왔다면 이건 일방적이기만 한 부탁이 아님니다. 나는 내 지인에게 부가적인 일거리를 줄 기회가 생기고 그건 내 인맥 형성에 좋은 영향을 끼칩니다. 그리고 이 일은 동창이 일하는 분야에서 내 필요가 생겼을 때 쉽게 도움을 청할 암묵적인 약속이 되기도 합니다. 이런 것은 네트워크 안에서 흔하게 오가는 공조와 같은 개념입니다. 제가 말하는 진짜 부탁은 그 동창이 '우리 회사에 진짜 필요한데 예산이 부족해. 00 전문가가 필요한데 반값으로 일할 수 있게 그 사람 네가 설득 좀 해 줘'와 같은 것입니다. 그 요구를 들어줌으로써 내 평판이나 일의 기반을 놓칠 위험이 있지만 보답은 기대할 수 없는 상황입니다.

사실 평범하고 무해한 사람들은 타인에게 일방성을 띤 부탁을 하는 것에 굉장히 신중합니다. 누군가가 그런 종류의 부탁을 어렵지 않게 해 온다면 일단 그 사람을 경계해야 하는 게 맞습니다.

저는 부탁을 주고받는 것을 사람 사이에서 보이지 않는 쿠폰을 쓰는 거라고 생각합니다. 누군가와 신뢰를 쌓으면 부탁을 할 수 있는 쿠폰이 하나씩 생깁니다. 그런데 아직 쿠폰이 생기지 않은 관계인데 부탁을 한다면, 혹은 쿠폰은 한 개인데 열 개짜리 부탁을 한다면, 그 사람이 예사롭지 않은 것입니다. 만약 내가 이런 쿠폰의 상호성을 무시하고 쿠폰이 한 개인 사람이 요구하는 다섯 개, 여섯 개의 부탁을 자꾸 들어주고 있다면, 나에게도 문제가 있는 것입니다.

안타깝게도 좋은 대접을 받는 것에 익숙하지 않은 사람들이 착취자의 목표가 되는 것을 자주 봅니다. 좋은 대접이란 살아오는 동안 나를 귀하게 대하며 사랑을 표현하는 사람들과 함께한 경험을 의미합니다. 부모님과의 애착이나, 친교, 연애 이력 등의 관계로 알 수 있습니다. 이런 이들은 남을 다정하게 대할 줄 모를 뿐만 아니라, 내가 나쁜 대접을 받을 때도 쉽게 알아채지 못합니다. 좋은 감정을 표현하는 것에 서툴다 보니 대신 뭔가를 주는 것을 더 쉽게 생각하고, 그런 성향이 착취로 연결되기도 쉽습니다.

이런 성향이 스스로 의심된다면 자신의 마음속 사랑받고 싶다는 욕구를 제대로 들여다보아야 합니다. 사랑이라는 것은 본질적으로 타인에게 줄 때 제대로 작동하는 감정입니다. 사랑받는다는 것은 내 감정이 아니라 상대의 감정입니다. 나와 상관없는 타인의 감정이 가장 중요해진다는 것은 대단한 결핍을 의미하는 것입니다. 이런 커다란 구멍을 마음에 안고 있는 한 진실되고 건강한 사랑은 점점 멀어질 뿐입니다. 이런 자신을 발견한다면 관계에서 한 발짝 물러나 자신을 아끼는 연습을 해야 합니다. 가장 좋은 물건을 남을 위해 아껴두지 말고 자신을 위해 써 봅니다. 바쁠 때 짜낸 여유 시간은 과감하게 나를 위한 휴식으로 채워 봅니다. 일기라도 써서 자신에게 끊임없이 다정한 말을 해 줍니다. 그리고 이따금씩 미심쩍은 감정을 안겨 주는 사람은 나를 위해 거리를 둡니다.

이미 자신을 착취하는 이들을 여러 번 거친 이에게 가장 해로운 것은 자책입니다. 피해를 본 사람이 오히려 자신을 탓하며 괴로움을 더하는 것이야말로 억울한 일일 것입니다. 성찰은 빠르고 날카롭게 끝내고 '지금'의 내 모습에 마음을 모을 때 더 이상 사랑받기가 필요하지 않은 충만한 자아를 만날 수 있을 것입니다.

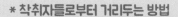

＊ 착취자들로부터 거리두는 방법

1. 인연을 맺기 전 깊이 생각해 보기
2. 여러 경로의 다양한 사람들과 교류하기
3. 부탁을 거절할 때 느끼는 정서적인 불편함 견디기
4. 자신을 아끼는 연습하기

가까운 친구에게서
내 마음이 떠나는 걸 느낄 때

저는 그냥 무난하게 살고 있는 30대 여성입니다. 성격이 무던한 편이라 사람들하고 잘 지내는 편인데 최근 친구 한 명 때문에 계속 마음이 불편하고 일도 손에 안 잡힙니다. 그 친구 포함 친구 여럿이 집에 놀러 와서 그 친구가 사 온 마카롱을 차와 함께 내왔어요. 그랬더니 그 친구가 갑자기 너무 화를 내는 거예요. 그 마카롱은 자기가 특별히 나를 생각해서 맛집에서 줄 서서 사 온 건데 냉동실에 넣고 아껴 먹었어야 하는 거라고요. 저한테 그걸 주면서 그 말을 했다는데 저는 손님맞이 하느라 정신없어서 못 들었나 봐요. 제가 그 자리에서 사과를 했는데도 그 친구는 볼일이 있다면서 먼저 갔어요. 그날 애써서 준비한 모임 분위기는 엉망이 되었습니다.

지금은 그냥 잘 지내고는 있는데요, 그 일 이후로 그 친구가 보기 싫

습니다. 어른 된 이후로 저에게 누군가가 그렇게 노골적으로 화를 내
는 걸 처음 당해봐서 그때 느꼈던 놀라고 당황했던 감정이 지워지지
않습니다. 오래 알고 지냈기에 성격이 그렇다는 걸 대충 알고 있었지
만 한 번 적나라하게 보고 나니 정이 떨어졌다고 할까요. 지금까지 잘
지내왔고 장점도 많은 친구인데요, 감정이 나아지지 않습니다. 이 친
구를 앞으로 어떻게 대해야 할까요?

당연히 남은 생의 시간은 함께하겠거니 했던 오랜 친구에
게서 낯선 감정을 느낄 때가 있습니다. 그의 존재를 통해 연
상되었던 다정한 감정이 몇 가지 계기를 만나면서 차갑게 식
을 때가 그렇습니다. 우리는 그런 감정을 '정떨어졌다'라고 표
현하곤 합니다.

가까운 사람에게서 마음을 거둘 때 우리는 양가감정에 휩
싸입니다. 그토록 싫은 감정이 들게 만든 당사자에 대한 원망
과 소중한 인연에 대한 미련이 줄다리기를 합니다. 어떻게 하
면 상대방 때문에 자꾸 마음이 다치는 자신을 보호하면서도
관계도 신중히 할 수 있을까요? 그럴 때 마음을 다루는 법을

단계별로 소개해 드리겠습니다.

1단계. 절교할 수도 있다고 생각하세요.

'10년 된 친군데 어떻게 손절을 해?'

이렇게 고정된 생각은 자신과 관계를 모두 병들게 할 뿐입니다. 아무리 좋은 기억이 얽혀 있다고 해도 '절대' 유지해야만 하는 관계란 없습니다. 이렇게 생각할 줄 아는 것만으로도 관계를 바라보는 눈이 달라집니다. 실제로 정리하지 않아도 관계를 객관적으로 바라볼 수 있게 되고 상대의 실수에도 좀 더 너그러워질 수 있습니다. 우리는 끝을 아는 대상에게 관대해지기 마련이니까요. 관계 때문에 마음의 불편함을 느끼는 경우 이 첫 번째 단계를 밟는 것만으로도 문제가 해결되기도 합니다.

2단계. 손절하지는 말고 거리를 조절해 보세요

오랜 시간 우리는 개인보다는 관계에 초점을 맞춘 가치관을 공유했습니다. 그러다 최근 '그렇게까지 참지 않아도 된다'는 주장이 꾸준히 나오며 공감을 받고 있습니다. 그 과정에서 나온 말이 '손절'입니다. 손절은 원래 주식투자에서 쓰이던 '손절매'의 줄임말입니다. 손절매는 주가가 떨어질 때 손해를 보더라도 팔아서 추가 하락에 따른 손실을 피하는 기법을 의미

합니다. 그것이 인간관계의 영역으로 옮아와 지인과의 관계를 끊어낸다는 뜻으로 사용되고 있습니다. 하지만 이 말 자체가 관계를 인위적으로 단절하는 일의 어려움을 내포하고 있다는 것 또한 역설적입니다. 관계를 만들고 이어 나간 지난 시간이 '투자'이며 이걸 밀어내는 게 어쨌거나 '손실'이라는 의미니까요. 그래서 불편한 감정과 동시에 관계를 끊어내는 것은 누구에게든 쉽지 않습니다. 또 그래서도 안 됩니다. 우리는 저마다 흠결 많은 사람이기에 기회를 주어야 합니다. 상대방에게도, 또 자신에게도요.

여섯 사람만 거치면 전 세계 누구와도 연결된다는 말이 있지만, 한국 사회는 그보다 훨씬 좁습니다. 이 좁은 세상에서 누구와든 명확하게 갈라선 관계를 가진다는 건 생각보다 불편한 일입니다. 그게 힘들어서 자신의 생활 범위를 좁혀 고립되다시피 사는 이들도 있을 정도입니다. 좋아하지도 않는 사람들 때문에 자신을 그렇게 살게 두는 건 아무리 생각해도 비합리적입니다.

누군가에게서 마음을 떼어내더라도, 어디 가서 마주쳐도 인사 정도는 웃으면서 할 수 있는 관계로 남겨 놓는 게 나를 위해서도 낫습니다. 한 달에 한 번씩 보던 사람을 반년에 한 번 보는 사람으로, 반년에 한 번 보던 사람을 일 년에 한 번 보는 사람으로 차차 거리를 넓혀나가는 게 좋습니다. 그러다 보면 상대를 무 자르듯 손절을 하지 않아도 가끔 보면 나름 대로 좋은 사람으로 남거나 저절로 서로의 생활 범위에서 사라지게 됩니다.

3단계, 시간을 두고 관계를 지켜보세요

우리는 자신의 감정에 귀 기울이고 솔직해야 합니다. 하지만 그 감정이 절대적이거나 영원할 거라고 예단해서는 안 됩니다. 살다 보면 결코 변할 것 같지 않던 감정조차 변하고, 그에 따라 여러 상황도 예상 못 한 방향으로 흘러갈 때가 많습니다. 더군다나 관계 안에서는 조금 더 변화의 여지를 예상해 두는 것도 좋습니다.

한 독자분은 자꾸 못마땅한 마음이 올라오는 친구가 하나 있었습니다. 무리 속 친구들 중 가장 사이가 안 좋은 편이었고 대화도 자주 어긋나 불편한 감정이 들 때가 잦았습니다. 아마 다른 친구들 아니었으면 진작 끊어졌을 사람이라는 생각이 자주 들었습니다. 그러나, 그 독자분이 갑작스럽게 엄마를 잃었을 때 그 못마땅한 친구가 엄청난 위로가 되어 주었다고 합니다. 가족상은 처음이라 울면서 우왕좌왕하는 그에게 가장 처음 달려와 장례 과정을 도와주고 발인 날에도 와서 안치할 때까지 곁에 있어 주었습니다. 씁쓸한 건 가장 친하다고 믿었던 친구가 거리가 멀다고 장례에도 와주지 않았다는 사실이었습니다.

그 일을 겪은 후 그가 가졌던 관계에 대해 시각이 바뀌었을 것은 당연합니다. 별 깊은 생각 없이도 남을 돕는 그 친구의 성격은 평소 경솔하다고 싫어하던 성품의 또 다른 면이었습니다. 한 사람이 갖고 있는 성품의 단점이 언제 장점을 보이며 인연의 끈을 이어갈지는 알 수 없는 일입니다.

주변에 깊고 얕은 관계의 사람들이 다양하게 있으면 구멍 투성이인 삶이 조금은 메워지는 경험을 할 수 있습니다. 어떤 사람과 함께해서 뚫린 구멍이 의외로 다른 사람의 엉뚱한 면으로 메워지기도 하고, 사람이 바뀌는 반대 상황도 벌어집니다.

예민한 사람들은 나를 공감하고 배려해 주면서 관계를 풍요롭게 누리도록 해 줍니다. 좀 더 단순하거나 무던한 사람들은 내 쪽에서 더듬이 세워 예민하게 굴지 않아도 되니 더 편하기도 합니다.

사람을 조종하고 이용하려 드는 악인만 아니라면 사람의

다면적인 인격은 충분히 이해의 대상이 될 수 있습니다. 마음 속 판결을 내리고 손절의 과정을 밟기 전에 한 사람의 여러 면들을 좀 더 차분히 지켜보겠다고 미리 생각해 둘 수 있으면 좋겠습니다.

이 좋은 세상에서 누구와든 명확하게 갈라선 관계를
가진다는 건 생각보다 불편한 일입니다.
그게 힘들어서 자신의 생활 범위를 좁혀
고립되다시피 사는 이들도 있을 정도입니다.
좋아하지도 않는 사람들 때문에 자신을 그렇게 살게 두는 건
아무리 생각해도 비합리적입니다.

* 인간관계 손절하는 3단계

1. 언젠가 손절할 수 있겠다고 마음을 열어 두세요

2. 섣불리 손절하기보다는 멀리하겠다 생각해 보세요

3. 시간을 두고 관계를 지켜보세요

친구의 얼굴로 상처 주는
사람의 정체, 수동공격성

저는 육아휴직 중인 워킹맘입니다. 하루 대부분을 아기와 보내다 보니 산후조리원 동기들과 각별해졌습니다. 비슷한 월령인 아기를 키우며 정보도 공유하고 가끔은 집에서 모여 수다 떨면서 함께 아기를 보면 편하기도 합니다. 그런데 최근 그중 한 엄마 때문에 그곳이 불편해졌습니다. 그 이유가 애매해서 저 자신은 크게 스트레스를 받고 있지만 다른 사람에게 하소연하기도 어렵습니다. 그 엄마는 대놓고 저한테 뭐라고 하는 게 아니라 아무도 모르게 저만 기분 나쁘게 만듭니다. 예를 들자면 제가 모임에서 헛트림이 나오는 걸 참고 있을 때였습니다. 제가 역류성 식도염이 있거든요. 그런 저를 옆에서 본 그 엄마가 큰 소리로 '○○엄마 속이 안 좋아요? 아까부터 꺽! 꺽! 하는데 어떡해요?' 하고 반복적으로 같은 말을 하더군요. 저를 걱정해 주는 상황

같지만 이런 식으로 제가 부끄러워하고 싫어하는 포인트를 콕 집어서 묘하게 기분을 상하게 할 때가 많습니다. 농담을 섞어 저를 비웃거나, 단톡방에서 제 말만 무시하거나, 제가 톡을 올리기만 하면 교묘하게 화제를 바꾸어서 자기 자신에게 관심을 몰리게 하는 식입니다. 그 엄마는 친절하고 사교성도 좋은 사람이고, 제가 저도 모르게 기분 상하게 했다기에는 그만한 접촉조차 없었습니다.

조금이라도 짐작이 되는 부분을 찾자면 걸리는 게 한 가지 있기는 합니다. 그 엄마가 다들 부러워하는 미모인데, 최근 제가 다이어트에 성공을 하면서 외모 칭찬이 저에게 몰리고 있습니다. 다이어트 비법 공유해 달라며 관심도 받고 있고요. 이런 상황이 시작된 것이 그 무렵이기는 합니다. 이런 이유만으로 모임에서 빠지기는 싫은데 저는 어떻게 해야 할까요?

사소해 보이지만 사연자님이 잘 판단하고 태도를 정해야 할 상황인 것으로 보입니다. 육아만 하다 보면 생활환경이 폐쇄적인 데다가 호르몬 문제로 산후 우울증이 오기도 쉽습니다. 이런 시기에는 스스로의 마음을 지키는 것이 무엇보다 중요합니다. 사연 속 지인은 수동공격성을 보이고 있는데, 이런 성향이 강한 사람은 상당히 위험합니다.

뇌과학자들이나 심리학자들이 남성과 여성의 서로 다른 내적 특징으로 꼽는 것이 공격성 문제입니다. 남성은 공격성을, 여성은 방어적 공격성을 가진다고 설명이 됩니다. 방어적 공격성은 수동 공격성이라는 말로 더 자주 사용되곤 합니다. 내면의 공격성을 직접적으로 표현하지 않고 간접적으로 돌려서 표현하는 것을 말합니다.

아마도 사연자님이 느끼는 적대적인 태도는 개인적인 착각은 아닐 것입니다. 관계에서 오는 오해는 우연이 겹쳐서 두 번까지는 있을 수도 있겠지만 그 이상이면 의도한 것일 가능성이 높습니다. 사연에서 추측한 이유 만으로도 어떤 사람의 수동 공격성은 충분히 발현될 수 있습니다.

이처럼 애매하게 기분 나쁜 상황에 놓인다면 먼저 상황을 알아채는 것이 중요합니다. 어떤 사람의 말이나 행동이 교묘하게 거슬린다면 그 상황을 너무 곱씹으며 '내가 예민한가?' 라는 질문을 스스로에게 할 필요가 없습니다.

'저 사람이 경솔한 말을 했고, 나는 이게 기분 나쁘구나.'

이 정도로만 생각하고 넘기면 됩니다. 이렇게 알아차리고 흘려보내는 태도는 인생을 살아가면서 받는 수많은 사건으로부터 자기 마음을 보호하는 일의 가장 기본입니다.

그러다가 짧은 기간에 같은 일이 반복되면 저 사람이 나에게 수동 공격성을 드러내고 있구나, 라고 생각할 수 있어야 합니다. 뭐라고 정의할 수 없던 일을 언어로 표현할 수 있게 된다는 것은 굉장한 일입니다. 이제는 막연해서 고통의 이유를 자신에게서 찾는 일을 반복하지 않을 수 있습니다.

우리가 서로의 관계에서 '삐치다'라고 표현하는 특정 태도가 있습니다. 그런 것들도 수동 공격에 포함됩니다. 나에게 정말로 화가 나는 일이 있어서 그 마음을 알아달라는 신호를 보내는 것입니다. 상대가 수동공격성을 드러내 보이면 내가 미처 알아차리지 못한 실수가 있었는지부터 알아보는 게 순서입니다. 그러기 위해서는 상대방과 진지하게 대화를 시도해 보는 수밖에 없습니다. 오늘 당신이 한 말에 나를 돌아보게 되더라, 혹시 내가 당신에게 실수한 게 있는지, 만약 그런 게 있다면 오해를 풀거나 사과하고 싶다고 말입니다.

이럴 때 상대방의 반응에 따라 여러분은 앞으로의 태도를 결정해야 합니다. 상대방은 세 가지 중 한 가지 반응을 보일 것입니다.

사실은 당신에게 화가 난 일이 있었다.

미안하다. 내 습관인데 그것 때문에 기분 상할 거라고는 생각 못 했다.

당신이 예민한 것 같다. 당신은 잘못한 것 없고, 나도 그럴 의도가 없었다. 당신이 예민한 거다.

첫 번째 대답이 돌아온다면 깊게 대화해서 오해를 풀고 사과할 게 있으면 진심으로 사과하면 됩니다. 두 번째 요지로 대답한다면 일단 받아들이고 같은 일을 반복하는지 지켜봅니다. 만약 사과를 하고서도 아무렇지도 않게 같은 태도를 유지하거나 세 번째 답을 한다면 그 사람이 원래 수동 공격성이 강한 사람이라고 분류하고 마음의 거리를 확보해 두는 게 좋겠습니다.

사실 우리에게는 누구나 수동 공격 성향이 있습니다. 상대방에게 대놓고 공격성을 드러낼 수 없을 때 혼자 스트레스를 푸는 방식일 수도 있고, 화를 내는 사람으로 보이기 싫은 자기 보호의 방식일 수도 있습니다. 그러나 이런 수동 공격 성향이 지나치게 강한 사람들은 공격성이 강한 사람만큼이나 위험하며 사람들에게 심각한 심리적 피해를 입힐 수도 있습니다. 정신질환 편람에 들어 있지 않지만 '반사회적 인격장애', '연극성 인격장애'처럼 이해될 수 있는 성격 장애라고 할 수 있습니다. 대개 다른 인격장애와 복합적으로 나타나거나 그 하위 증세로 분류되곤 합니다. 이를테면 소시오패스나 나르시시스트들이 수동 공격성을 도구로 사용하는 경우가 많습니다.

사연 속 인물이 수동 공격성에 문제가 있는 사람이라고 가정할 때 많은 의문이 풀리기는 합니다. 외모 자신감이 있고 그걸로 자아를 지탱하는 사람이었는데 관심의 중심이 다른 사람에게 옮겨가는 것에 분노를 느꼈고, 그걸 수동 공격으로 표현하는 것일 수도 있습니다.

수동 공격성 성격장애라는 용어를 만든 학자들의 정의를 보면 '극소수에게만' 이런 행동을 보이는 것에 한정하고 있습니다. 그래서 목표물이 되지 않은 사람들에게는 평범하거나 그 이상으로 좋은 사람처럼 보일 수 있습니다. 너무 답답하니 차라리 싸워서 결판을 내고 싶어져도 싸움 자체가 이루어지지 않습니다. 이런 사람들은 결코 눈에 보이는 충돌을 하려 들지 않으니까요. 수동 공격의 대상이 된 사람이 참다못해 폭발하면 남들 눈에는 화낸 사람만 나쁜 사람으로 보일 뿐입니다. 그들은 굴종하는 척하는 것에 거리낌이 없고 사과에도 능숙합니다. 누군가가 수동 공격성 성격 장애, 혹은 그에 가까운 성향을 가진 사람이라면 그와 정말로 잘 지낼 수 있는 방법은 없습니다.

제가 공감하는 명언 중 하나가 '해로운 친구를 버리는 게 유익한 친구를 얻는 것보다 인생에 더 낫다.'라는 말입니다. 사람은 부정적인 것에 더 깊은 자극을 받고 더 잘, 그리고 오래 기억하게 되어 있습니다. 우리의 뇌가 위험으로부터 자신을 구하려고 그렇게 진화해 왔습니다. 나쁜 경험을 상쇄하려면 3배 이상의 좋은 경험이 필요하다는 게 뇌과학자들의 주장입니다. 저는 수동 공격성에 이상이 있는 사람의 목표물이 되면서 얻는 나쁜 경험은 10배의 좋은 경험으로도 희석될 수 없다고 느낍니다. 그러므로 되도록 빨리 그런 사람과 자신을 물리적으로 분리하고 서둘러 좋은 경험을 하나라도 더 쌓아

우리는 자꾸만 상대를 변명해 주어야 하는 관계,
자신의 감정을 부정하게 만드는 관계를
경계할 필요가 있습니다.

나가며 나쁜 경험을 잊어 나가야 합니다. 그 과정에서 마음에 드는 사람들과의 연결 고리가 끊어진다고 해도 어쩔 수 없습니다. 그들이 정말 좋은 인연이라면 어떻게든 관계는 이어질 테고요.

우리는 자꾸만 상대를 변명해 주어야 하는 관계, 자신의 감정을 부정하게 만드는 관계를 경계할 필요가 있습니다. 관계 속에서 자아가 병들기 시작하면 과감하게 떠날 줄 아는 용기 또한 좋은 관계의 기술입니다.

＊ 수동 공격성에 대처하는 방법

1. 자신이 당하고 있는 것이 수동 공격이라는 것을 알아차리기
2. 상대방이 단순히 화가 난 것인지 수동 공격성에 문제가 있는 것인지 구분하기
3. 수동 공격성에 문제가 있는 사람이라면 무조건 멀어져 자신을 보호하기

내 기분을 돌보는 긴급 처방

백수로 지내고 있는 30대입니다. 제가 대학 때 방황을 좀 했고 오랜 기간이 걸려 졸업을 하고 나서 취업을 했는데 직장생활에 적응을 못했습니다. 사회성이 없는 건지 일머리가 없는 건지 직장 두 곳에서 왕따 비슷한 게 있어서 퇴사해 지금은 백수로 지내고 있습니다. 취업을 다시 알아보는 게 맞지만 일자리도 마땅치 않고 지옥 같던 직장생활로 돌아가기 싫어 마음이 복잡합니다.

제가 이래서인지 며칠 전 남자친구도 저를 무시해 다투었는데 아무래도 잠수 이별을 당한 것 같습니다. 지금은 아무것도 하고 싶지 않고 제 자신이 원망스럽고 매일 밤 내일 아침이 오지 않으면 좋겠다 생각합니다.

지금의 저는 무엇을 어떻게 해야 할까요?

삶이 너무 힘든 시기에는 그 시간이 지나가고 괜찮아진다는 말이 믿어지지 않습니다. 어려운 문제를 내 힘으로 해결하고 다음 단계로 나아가는 것도 불가능하게 여겨집니다. 그럴 때는 문제 해결 이전에 나를 돌본다고 생각하고 거기에 집중하는 게 좋습니다.

먼저 이 무기력이 우울증은 아닌지 확인할 필요가 있습니다. 우울증은 단순히 '기분'이 아닙니다. 한 사람의 뇌, 호르몬, 대사가 온통 나쁜 방향으로 작동하는 것이며 의지만으로 나아지기 어려운 엄연한 병증입니다.

우울증은 단순한 우울감과는 다릅니다. 무기력함이 어느 한계를 넘어서는 것 같은 기분이 지속적으로 이어집니다. 좋은 날씨에 외출을 하고 맛있는 것을 먹어도 잠깐도 나아지지 않으며 한없이 땅속으로 꺼지는 기분이 듭니다. 눈물이나 한숨 같은 것이 의지대로 멈추어지지 않기도 합니다. 누구에게라도 수시로 머물다 떠나는 우울감과는 '이건 다르다'는 느낌이 있습니다.

우울증이 의심된다면 병원을 찾아 치료를 받는 게 우선입니다.

몸과 마음이 건강한 시기에는 이 두 가지가 전혀 다른 영역에 있는 것 같고 스트레스가 원인이라는 의사의 진단에 코웃음을 치게 됩니다. 하지만 우리의 마음은 생각보다 긴밀하게 몸과 연결되어 있습니다. 마음이 아픈데 어떻게 해야 할지 모르겠다면 보이고 만져지는 몸을 먼저 달래보는 것이 가장 빠른 효과를 볼 수 있는 방법이 되기도 합니다.

저는 기분이 안 좋다는 걸 의식하면 재빨리 몸이 편안해지는 몇 가지 매뉴얼을 작동시킵니다.

- 낮에는 커피를 저녁에는 허브티를 반드시 따뜻하게 마십니다.
- 스트레스로 미열이 나고 머리가 아프다면 아세트아미노펜 계열의 진통제를 먹어 둡니다.
- 허리나 어깨 등 통증을 느끼는 곳이 있으면 물리치료나 침 치료를 받으러 갑니다.
- 아로마 오일을 뿌린 따뜻한 물에 반신욕을 합니다.
- 오디오 가이드 영상을 찾아 이완 명상을 합니다.
- 빠르게 걷기 운동을 합니다.
- 여건이 허락한다면 스파에 갑니다.

한두 가지를 해도 좋아지지 않는다면 다른 항목을 돌아가며 적용합니다. 그러다 보면 어느 순간 몸이 가벼워지고 마음도 따라서 나아지는 걸 느끼게 됩니다.

체질이나 취향에 따라 몸이 편안해지는 일들이 사람마다 다를 것입니다. 평소 자신에게 맞는 몸 달래기 매뉴얼을 적어 두고 필요할 때 차례로 적용해 보는 것은 어떨까요?

마음이 힘들 때는 간단한 것부터 시도해 보는 게 좋습니다. 가장 간단하면서도 효과가 좋은 것은 주변을 정리해 쾌적하게 만드는 것입니다. 청소도 좋지만, 정리가 더 효과가 좋습니다. 보통 정리라고 하면 어질러진 물건들을 가지런히 재배열하는 걸 떠올리지만 진짜 정리는 필요 없는 물건을 없애는 것이 필수 과정입니다. 필요 없는 물건이 계속 자리를 차지하고 있으면 청소를 해도 깨끗해지지 않고 정리를 해도 금세 다시 어수선해집니다.

사람은 저마다 최소한으로 확보해야 하는 공간이 있습니다. 그리고 그 공간은 가능한 한 넓을수록 좋습니다. 필요 없는 물건을 쌓아두고 있으면 가용 공간이 줄어들게 되면서 심리적으로 여유가 없어집니다. 물건을 사거나 쌓아두지 않는 성격이라고 해도 주기적으로 버려야 할 물건이 쌓이게 되어 있습니다. 심리학자들은 주변에 물건이 많을수록 그것이 시선에 걸리면서 무의식적으로 집중력을 빼앗고 스트레스를 가중시킨다고 말하기도 합니다. 정리되지 않은 환경은 사실 취향 문제가 아닌 것이지요.

저 역시 정리를 거의 하지 않는 편이었습니다. 그러다 한 계기를 만나 정리가 주는 힘과 위로를 알게 되었습니다. 모든 삶의 조건이 제 숨통을 조이던 시기, 살던 집에서 쫓겨나면서 집 크기가 절반으로 줄어들었습니다. 전에 잘 쓰던 물건들이 집을 꽉 채우고 있었는데 제대로 움직일 공간조차 없었습니다. 어느 날 이대로는 살 수 없겠다 싶어 물건들을 모두 팔거나 처분했습니다. 아깝다 혹은 귀찮다는 생각을 버리고 정리를 해 나갔더니 작은 소파와 책상 하나만이 남았습니다. 그렇게 비우고 나니 비로소 숨이 제대로 쉬어지는 느낌이었습니다. 그 이후부터 저는 스트레스를 받으면 수시로 정리를 합니다.

온 집 안을 한꺼번에 정리하는 것은 오히려 마음에 부담이 됩니다. 정리 전문가에 따라 한꺼번에 뒤집지 않으면 제대로 정리가 안된다고 하는 이들도 있지만, 그렇게만 생각하고 있으면 아예 시작할 엄두를 내지 못합니다. 그래서 저는 공간을 구획으로 나누고 한 구획씩 정리를 하곤 합니다.

'오늘은 서랍 하나만 정리하자.'

3부 나를 지키기

이렇게 결심하고 책상 서랍 하나 빼 들고 음악을 틀고 앉습니다. 오래되어 나오지 않는 볼펜, 영원히 쓸 것 같지 않은 사은품 색연필, 접착력 없어진 홍보용 포스트잇, 글씨를 알아볼 수 없는 메모지 등을 솎아내고 나면 공간이 남아도는 서랍에 내가 좋아하는 것만 다시 담을 수 있습니다.

　　정리는 단순히 깨끗하게 하는 데에만 의미가 있지 않습니다. 정리는 생각보다 용기가 필요한 일입니다. 물건을 버리면서 무언가를 포기해야 하는 선택의 기로에 서게 되니까요. 그럴 때 버릴까 말까 고민되는 물건을 버리는 쪽으로 결정해 버리고 빈 공간을 만나게 되면 묘한 해방감이 느껴집니다. 수십 년 정리 경험에 의하면 갈등되는 물건을 정리하고 후회하는 일은 거의 없습니다. 집착만이 존재 이유의 전부인 물건을 보낸다는 것은 내 마음속에서 나도 모르게 끌어안고 있던 욕심

우울과 무기력은 기본적으로 나에 대해
너무 깊게 생각하는 데에서 온다.

을 긁어내는 것처럼 느껴집니다.

이런 식으로 조금씩 정리된 공간에 자신을 두게 되면 뭐든 새로 시작할 수 있을 것 같은 기분이 됩니다.

우울 성향이 있는 비관적 문학소녀였던 제가 성격이 바뀌었던 시점이 있습니다. 어쩌다 한 동아리에 들어가게 되었는데 그곳 분위기는 장르로 따지면 자기 계발서와 같은 곳이었습니다. 세상을 긍정적으로 보고 하루하루 목표를 세우고 열심히 사는 사람들이 많았습니다. '꿈'이라는 단어를 사용하는 사람들도 꽤 있었습니다. 시니컬한 소설의 세계에서 온 저는 좀 유치한 거 아닌가 하면서도 어리둥절 그들에게 휩쓸렸습니다. 그런데 지켜보니 그들은 원하고 꿈꾸던 일들을 정말로 조금씩 해내는 것이었습니다. 그전까지는 성장 과정에서 저에게 안 될 것 같은 일이 된다고 말해 준 사람이 없었습니다. 그 일을 계기로 저는 이전과 다른 태도로 살게 되었습니다.

누구 한 사람을 뚜렷하게 롤모델로 삼지 않는다 해도 특정 종류의 사람들이 모여 발산하는 에너지가 있습니다. 그 에너지를 받다 보면 나도 그들과 비슷해집니다. 그러므로 인생을 바꾸려면 주변 사람들부터 바꾸어야 합니다.

어려운 시기에 꼭 새로운 교류에 힘을 쓰라는 것이 아닙니다. 친밀한 상호교류가 아니더라도 좋은 에너지를 가진 사람들 사이에 섞여 보는 시간을 늘리는 것만으로도 힘이 됩니다. 관심 있는 분야의 오프라인 행사나 동호회 모임 같은 것도 좋습니다.

마음이 힘들 때 의외로 큰 도움이 되는 일 중 하나가 타인에게 호의를 베푸는 것입니다.

심리학의 대가 알프레드 아들러가 2주 만에 우울증을 치료할 수 있다고 장담한 방법이 있습니다.

'하루에 한 번씩 다른 사람들을 어떻게 하면 기쁘게 해 줄까 생각해서 실천하기'

이것이 그가 말한 궁극의 치료법이었습니다.

다른 사람을 기쁘게 해 주기 위해 무언가를 실천하려면 그 사람에 대해서 생각을 할 수밖에 없습니다.

예를 들어 요즘 어쩐지 풀 죽어 보이는 동생을 위해 무언가를 해 주기 위해서는 여러 질문과 가정을 해야 합니다.

'동생이 떡볶이를 좋아하는데 그걸로 사줄까?'

'요즘 로제 떡볶이가 유행이라는데 좋아하려나?'

'로제 떡볶이는 어떤 가게가 맛있더라?'

'그걸 언제 사 오지?'

상대를 진심으로 위해 준비해야 한다면 이런 생각을 안 할 수가 없습니다. 이렇게 하면 무슨 일이 생길까요?

바로 '나 자신에 대해 생각하는 것'을 덜 하게 됩니다. 이것이 아들러 처방의 핵심입니다. 우울과 무기력은 기본적으로 나에 대해 너무 깊게 생각하는 데에서 옵니다. 사연 속 주인공도 퇴사한 이후 보내는 많은 시간의 공백을 자신에 대한 생각을 떠올리면서 보내고 있을 것입니다.

'나는 이 나이까지 뭐했지?'

'나는 왜 이렇게 못났지? 내가 잘하는 게 뭐지?'

하루 종일 생각이 꼬리에 꼬리를 물고 이어지고, 그럴수록 마음은 점점 가라앉습니다. 주변 사람들에게 친절을 베푸는 일이 그 생각을 멈추게 해 줄 것입니다.

저도 살면서 가장 힘들던 시기에 사람들에게 이유 없이 친절을 베풀었던 적이 있습니다. 그때는 그것이 내면의 무언가가 끊어진 이후 자신을 포기하는 마음 비슷한 것이었습니다. 저 자신이 너무나 밉고 싫어서 '나 자신을 위해서는 뭘 해 주기 싫다'는 감정이었다고 할까요. 그런데 그 일은 결과적으로 사람들이 아니라 저에게 힘이 되었습니다. 저는 그 시기에 잘 모르는 사람들에게 '복 많이 받으세요'라는 말을 많이 들었습니다. 저는 오랫동안 그 축복의 말들이 쌓여 저를 구한 것이라고 생각했습니다.

힘들수록 세상에 더 친절해 보세요. 그 작은 실천이 나를 구할 수도 있습니다.

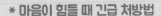

* 마음이 힘들 때 긴급 처방법
1. 우울증은 아닌지 확인해 보기
2. 평소 준비해 놓은 매뉴얼로 몸을 편안하게 해 주기
3. 주변 정리하기
4. 좋은 사람들 사이에 섞여 보기
5. 세상에 좀 더 친절해지기

남인숙의 어른수업

커다란 파도, 인생 사건에
의연히 대처하는 법

작가님 저는 20대 후반 주부입니다. 지금의 남편과는 사귄 지 얼마 되지도 않아 아이가 생겨 결혼을 하게 됐어요. 연애할 때는 다정하고 저밖에 모르는 사람이라고 생각했는데 지금은 이혼 위기입니다. 알고 보니 직업도 제가 알던 것과 달랐고 재산 상황이나 가족관계도 전부 교묘하게 속였더라고요. 제게 거짓말한 것을 들키는 과정에서 많이 싸웠는데 이번엔 외도까지 하고 있다는 것을 알게 되었습니다. 남편은 증거가 있는데도 부인하면서 저를 의부증으로 몰아가고 있어요.

상황상으로는 이혼을 해야 하는 게 맞는데 그것도 막막합니다. 아이가 일단 가장 걸리고, 제가 능력 있는 엄마가 아닙니다. 결혼 전 물경력으로 일 년 직장생활 해본 게 전부예요. 제가 너무 철이 없었던 것 같고 그런 저를 부모님은 왜 적극적으로 말리시지 않았는지 원망스럽

고 무엇보다 저 자신이 너무 밉습니다. 제 인생은 지금 망한 것 같은데 어떻게 해야 할까요?

✧ ✦ ✧

누구나 살면서 몇 번 정도는 도저히 답이 없다고 여겨지는 인생 사건을 만나게 됩니다. 사연자님이 지금 그렇습니다. 아마 지금 자신의 힘으로는 이 고비를 넘길 수 없을 거라는 생각이 들 것입니다. 사연 속 표현대로 이번 생은 망한 것 같을 수도 있습니다. 하지만 실제로는 그렇지 않습니다. 어떤 조건에서라도 인생 리셋은 가능합니다.

그렇다면 해일처럼 거대해 보이기만 하는 인생 사건 앞에서 연약한 우리는 무엇을 할 수 있을까요?

전에 제가 예쁜 컵을 선물 받은 적이 있었는데 몸이 안 좋아 끙끙 앓던 날 약을 찾아 먹다가 그것을 깨뜨렸습니다. 아픈 몸으로 컵의 잔해를 치우려니 참을 수 없는 짜증이 치밀어 올랐습니다. 그때 저도 모르게 이렇게 중얼거리는 자신을 발견하고 화들짝 놀랐습니다.

"왜 이렇게 조금만 건드려도 쓰러지는 모양의 컵을 선물한 거야? 내가 처음부터 불안했어."

잠깐이지만 엉뚱하게도 컵을 선물한 사람을 원망하고 있었던 것입니다. 컵을 깬 것은 다름 아닌 저 자신인데도요.

사람은 살면서 어려움이 닥치면 본능적으로 책임을 돌릴 대상을 찾게 됩니다. 일의 당사자인 자신의 책임이 가장 크지만, 그 스트레스를 다 감당하기 어려우니 나름대로 심리적 돌파구를 찾는 것입니다. 그래서 타인의 잘못을 찾아 그를 원망하는 것입니다. 사연자님도 자신의 결혼을 보다 적극적으로 말리지 않았다며 애먼 부모님을 원망하고 있습니다. 그러나 이렇게 원망하는 마음은 인생 사건을 뚫고 앞으로 나아가는 데에 가장 큰 장애물이 됩니다.

인생 위기가 닥쳤을 때 타인을 원망하고 심지어 그것을 당사자에게 표현까지 한다면, 나를 도와주어야 할 사람들을 적으로 만들게 됩니다. 지금 사연에서는 사연자님을 도와줄 사람이 부모님밖에 없습니다. 유일한 원군에게 상처를 주고 다툼을 만들어서는 안 됩니다. 방어기제가 이끄는 대로 되는 대로 주변 사람을 원망하다 보면 힘이 되어 줄 사람이 남아 있지 않게 됩니다.

원망하는 마음을 알아차리고 걷어내야 하는 더 중요한 이유가 있습니다. 문제 해결을 위해 써야 할 에너지를 엉뚱한 곳에 쓴다는 것입니다. 인생 사건이 생기면 온 힘을 다해 그것을 돌파하는 데에 집중해야 합니다. 원망처럼 소모적인 감정을 앞세우다 보면 얼마 남지 않은 내 힘이 부서지고 흩어집니다. 이런 시기에는 심지어 가해자인 남편을 원망하는 마음도 잠깐 멈추어야 합니다.

저는 오래전부터 막막한 일이 생기면 그에 관련된 책부터 샀습니다. 닥치는 대로 읽다 보면 전혀 나타날 것 같지 않던 해결의 실마리가 보였습니다. 일이 클수록 정보를 모으는 일은 큰 힘이 됩니다.

인생이 흔들리는 일을 겪으면서도 해당 키워드 검색조차 제대로 해보지 않는 사람들을 자주 봅니다. 병에 걸려 막막해하면서도 해당 질환 환우 카페에 가입조차 하지 않습니다. 이렇게 대처에 미숙한 이들은 우왕좌왕하며 주변에 하소연부터 합니다. 그러나 자신에게 무슨 일이 일어난 것인지조차 잘 모르고 있는 당사자를 위해 주변에서 도와줄 수 있는 일이 얼마나 될까요?

한 주제에 관심이 생겼을 때 하루만 집중해서 온라인 검색을 해도 깜짝 놀랄 만큼 많은 것들을 알게 됩니다. 방향이 잡혀야 그곳으로 정보를 얻으러 갈 수 있다고 생각하는 경우가 많지만, 우선 정보를 얻어야 방향도 정할 수 있습니다. 어떤 일이 생기든 그 상황을 장악하려면 모든 각도에서의 정보가 필요합니다.

사연자님과 같은 경우는 남편의 유책 사유를 입증할 만한 자료가 어떤 것이 있는지, 앞으로 이혼을 준비하려면 무엇을 할 수 있는지, 양육비는 어떻게 받아낼 수 있는지, 재산분할이나 위자료 문제는 어떻게 할 수 있는지 등 닥치는 대로 정보를 수집해야 합니다. 그래야 바로 대처해야 할지, 충분히 준비를 하고 이혼에 들어갈지 결정할 수 있습니다. 심지어 이혼하지 않겠다는 소극적인 결정을 한다 해도 그 결정에 근거와 힘이 실릴 수 있습니다.

어차피 사람은 각자 자기 몫의 인생을 살기 때문에 이런 심각한 문제에 주변인에게 해결책을 구하는 건 너무 무거운 일이 됩니다. 당사자가 충분히 알아볼 만큼 알아보고 부분적인 정보를 청할 수는 있습니다.

"내 남편이 거짓말하고 외도도 했어. 나 어떡해야 해?"

이런 질문에 어떤 지인이 제대로 대답을 해줄 수 있을까요?

하지만 이 정도 질문이면 좀 다릅니다.

"여자 쪽 입장에서 잘해주는 이혼 전문변호사 어디 가서 소개받을 수 있을까?"

정보를 열심히 알아본 사람만이 할 수 있는 이런 질문이라면 훨씬 가볍고 효율적으로 도움을 줄 수 있을 것입니다. 아는 변호사가 없더라도 함께 수소문이라도 할 수 있겠지요.

꼭 사연 속 상황과 같은 것이 아니더라도 큰일이 닥쳤을 때는 대체로 정보가 가장 큰 힘이 된다는 것을 잊지 않으시면 좋겠습니다.

사실 인생 사건은 한 가지 잘못만으로 일어나는 일이 아닙니다. 여러 원인이 겹치고 거기 나쁜 운이 더해져 일어납니다. 내 책임이지만 내게만 잘못이 있는 것은 아닙니다. 심지어 내 잘못이 전혀 없이 일어나는 일도 있습니다. 그러나 내 잘못이 아니라고 해서 누가 대신 나서서 해결해 줄 수 있는 것은 아닙니다. 결국 내 인생이니 내가 해결할 수밖에 없지만 내게는 그럴 능력이 없어 보입니다. 그런 기분을 느낄 때마다 저는 항상 같은 다짐을 되뇝니다.

'인간이 할 수 있는 데까지만 하자.'

이 말은 마음의 짐을 덜어주면서도 힘이 됩니다.

평범한 사람의 능력은 한계가 있고 사건이 일어났을 때 완벽하게 대처하는 것도 불가능합니다. 그럴 때 무력함을 느끼기보다는 '내 약한 힘으로 할 수 있는 일까지만 하고 나머지는 하늘에 맡긴다'라고 생각하는 것입니다. 대부분의 경우 제 능력이 닿는 범위는 미미합니다. 하지만 결과적으로는 문제가 그럭저럭 해결되었습니다. 나쁜 일이 생길 때 운이 겹쳐 사건이 일어났듯, 해결되는 과정도 저의 노력과 운이 만날 때가 많았습니다. 어떨 때는 저의 노력과 아무 상관없이 해결 방법이 나타나 주기도 했습니다. '하늘이 스스로 돕는 자를 돕는다'는 말이 들어맞는 실례는 알고 보면 우리 삶에서 흔하게 일어납니다.

인생 사건에서 의연하게 대처하고 해결해 나가기 위해서는 일상을 지키는 일 또한 중요합니다.

'너는 이런 상황에서 밥이 넘어가니?'

흔한 드라마 대사와는 다르게 그런 상황일수록 밥이 넘어가야 합니다. 제시간에 출근을 하고, 잘 씻고, 어떻게든 잠을 자야 합니다. 비일상적인 사건이 덮쳐와 내 존재를 흔들어도 평소처럼 지키는 일상이 나를 지켜주기 때문입니다. 대개의 인생 사건은 짧은 시간 안에 해결되지 않습니다. 잘 버티며

차근차근 할 수 있는 일을 해 나가기 위해서는 일상이 무너지지 않아야 합니다.

어떤 사람들은 그 문제에 대해 종일 걱정하고 있어야 해결이 될 것 같은 기분을 느낍니다. 그래서 일상을 멈추고 삶을 깎아 먹는 걱정만 반복하는 것입니다. 그렇게라도 하지 않으면 죄책감을 느낍니다. 하지만 그런 죄책감은 그 일에 대처하기 위해 최선을 다해 무언가를 하지 않았기 때문에 오는 것입니다.

저는 인생 사건이 진행 중일 때에는 정해진 시간에만 그일에 대해 생각하려고 노력합니다. 그 일을 위해 정보 수집이나 결정이 필요할 때만 의식 안에 둡니다. 나머지 시간에는 평소와 다름없이 일상을 삽니다. 속 깊은 사정을 아는 사람들이 보면 왜 저렇게 괜찮은 거냐고 의문을 품을 법한 모습으로 지냅니다.

최근에야 저와 같은 방법으로 힘든 시간을 버티는 사람들이 많다는 것을 알게 되었지만, 이건 꽤 괜찮은 방법입니다. 물정 모르던 시절에 스스로를 잡아먹으며 밤새 자책과 걱정을 견뎠던 시간들이 참 아깝습니다.

최악의 상황을 미리 가정하는 것도 인생 사건에서 꼭 빼놓지 말아야 할 일입니다. 이게 그냥 들으면 스스로를 불안하게 해 상황을 더 악화시킬 수 있는 것처럼 들리지만 그렇지 않습니다. 냉정하게 상황을 돌아보고 그 일이 불러들일 수 있는 최악의 결과를 특정시키면 오히려 담담할 수 있습니다.

많은 사람들이 인생 사건이 터지면 사건의 결과를 상상하는 것조차 싫어합니다. 그 과정이 스트레스인 것 같기도 하고 생각하는 그대로가 실제 결과가 될까 봐 그렇습니다. 하지만 사람은 원래 실체를 모르는 일에 더 큰 두려움을 느끼고 불안해하게 되어 있습니다. 그래서 막상 최악의 결과를 구체적으로 예측해 놓으면 생각보다 견딜 만하겠다는 생각이 들 때도 많습니다.

사연자님이 이 상황에서 가정해 볼 수 있는 최악의 상황은 무엇일까요?

- 이혼해서 부모님 도움 받아 아이를 혼자 키운다.

- 반대로 이혼하지 못해서 그래도 참고 산다.

최악의 결과를 들여다보면 지금 상황보다 그리 나쁠 것도 없습니다. 어찌 보면 최악의 결과가 최상의 결과와 상통하기도 해서 더 마음 편하게 잘 살 수도 있을지도 모릅니다.

잠깐의 두려움을 넘어서서 자신이 진짜 두려워하는 일의 실체를 정면으로 보아야 합니다. 약간의 용기만 있으면 얼마든지 가능한 일입니다.

* 인생 사건에 대처하는 법

1. 최선을 다해 정보 모으기
2. '인간이 할 수 있는 데까지만 한다'고 생각하기
3. 정해진 시간에만 그 일에 대해 생각하며 일상을 지키기
4. 최악의 결과를 예상해 보기

가족이라는 이름이
내 존재를 짓누를 때

저는 여러 자매가 있는 집 막내로 자랐습니다. 어려서부터 언니들의 정서적 학대 속에서 자란 탓에 어른이 된 이후로는 어머니와만 연락하며 지냈습니다. 그러다 몇 년 전 어머니가 말기 암 판정을 받으셨습니다. 어머니는 전화하실 때마다

'나는 너희들 잘 지내는 거 보고 죽고 싶다.'

이렇게 말씀하십니다. 시간이 많이 남지 않은 어머니의 이런 부탁이 가슴 아프면서도 원망스럽습니다. 가해자인 언니들이 아니라 더 마음 약한 저에게만 강요하고 계시니까요. 자세한 사정을 모르는 사람들도 후회할 일을 만들지 말라며 어머니의 마지막 소원에 힘을 보태고 있는 상황입니다. 끝까지 제 마음은 배려하지 못하는 어머니의 태도 때문에 평생 트라우마를 안고 살게 되었으면서도 마냥 외면할

수만은 없습니다.

저는 지금 어머니 투병 이후로 자매들과 만나게 된 것조차 버겁습니다. 불효한다는 죄책감, 어리석은 자신에 대한 원망 사이에서 괴로운 저는 어떻게 해야 할까요?

가족이야 아무렇게나 대해도 헤어질 수 없는 관계니까 마냥 편해도 되겠다고 생각하지만 그렇지 않습니다. 사이가 좋을 때 가장 거리를 좁힐 수 있는 관계이지만 고통을 주는 사람이 하필 가족일 때는 세상에서 가장 풀기 어려운 숙제가 됩니다.

친구 때문에 힘들다면 바로 관계를 단절시키는 것으로 해결되지만 가족은 그게 쉽지 않습니다. 물리적 분리가 어려운 데다가 가족이라는 것을 빌미로 최소한의 필터도 거치지 않고 악의가 표출되기 때문에 집 밖의 관계보다 한층 괴롭습니다.

가까운 사이일수록 넘지 말아야 할 선이 있다는 것을 모르는 사람들, 혈연이 아니라면 결코 인연을 만들지 않았을 사람들과 가족이라는 이름으로 묶여 있을 때 우리는 어떻게 해야 할까요?

우선 우리는 단편적인 사건에 너무 문학적 의미를 부여하지 말아야 합니다. 소설이나 영화에서 가족과 관련된 에피소드는 쉽게 눈물을 부르곤 합니다.

'돌아가신 아버지가 좋아하시던 음식 부추전, 아버지가 부추전을 드시다 전화받고 나가신 날 교통사고로 돌아가셨지, 그 이후부터 나는 부추전을 못 먹는 사람이 되었다.'

이런 식의 장치가 등장하면 그 이야기 속 사람들이나 독자들은 모두 인과관계를 손쉽게 납득합니다. 이런 것은 주로 복선이 되어 나중에 갈등이 극복된 것을 상징하는 장치 등으로 쓰이게 됩니다. 부추전을 먹을 수 있게 된 주인공을 보며 이제 마음속 응어리를 풀었다고 짐작하게 되는 것이지요.

하지만 현실에서는 하나의 의미 부여가 우리 세계관 전체로 확장되지 않습니다. 비슷한 에피소드를 현실에 적용해 본다면 돌아가신 아버지 때문에 부추전을 먹지 못할 사람은 오히려 드뭅니다.

모처럼 온 가족이 모여 외식을 하기로 한 날이었습니다. 어디로 갈까 하다 전에 가본 곳 중 모두가 맛있다고 했던 일식집 예약을 하기로 했습니다. 제가 이 말을 꺼내자, 동생이 이런 말을 꺼냈습니다.

"거기 돌아가신 아버지가 마지막으로 입원해 계시던 병원 근처잖아. 병원 들르던 날 꼭 가던 곳이었는데 어머니 마음이 괜찮으실까?"

별생각 없이 식당 홈페이지에서 예약 버튼을 누르려다 말고 저는 뜨끔했습니다. 내가 너무 둔감했나. 그래서 서둘러 어머니한테 전화를 해 보았습니다. 그 식당 가도 괜찮겠냐고 물었을 때 바로 되돌아온 대답은 이러했습니다.

"왜 안 되는데?"

생각해 보니 어차피 아버지의 오랜 투병 기간 동안 연결된 장소, 물건은 헤아릴 수 없이 많습니다. 그 모든 것에 일일이 의미 부여하고 아파하면 남은 사람은 살아갈 수 없습니다. 한 편으로는 다행이고 한 편으로는 쓸쓸하게도 사람은 어떻게든 자기 몫의 삶을 살게 되어 있습니다.

우리는 각자가 선택한 몇 가지 의미만 간직한 채 나머지는 조금씩 잊어나가며 현실을 살아냅니다.

사연자님 어머니의 요구는 유언이 될 가능성이 높아 중압감이 높은 게 당연합니다. 하지만 현실 속의 우리는 문학적 스테레오타입 안에서처럼 '가족'과 '죽음'이라는 무거운 핵심어를 만능열쇠로 여길 필요는 없습니다. 누군가의 유언이라는 이유로 남북통일이 이루어지지 못하는 것처럼 어머니가 원하는 진정한 화해라는 것도 불가능한 일입니다.

'너 하나 마음 바꾸면 쉬운 일인데 그걸 못하냐.'

이런 일에서 흔하게들 내뱉는 말이지만, 마음의 일이니 더 마음대로 안 되는 것입니다.

차라리 어머니의 요구가 특정한 행동이라면 그것은 가능할 것입니다. 이를테면,

'너희들하고 다 같이 가족사진 찍고 싶구나.'

이런 식으로 한번 참고, 해볼 수 있는 이벤트라면 그 정도는 꼭 하라고 권하고 싶습니다. 하지만 사연자님의 어머니는 마음을 바꾸라고 요구하고 있습니다. 가정 내 정서적 학대의 가해자인 언니들에게서 사과도 받지 못한 상태에서 말이지요. 이런 경우 우리는 삶의 문학적 요소에 매몰되지 말고 할 수 있는 것까지만 한다고 생각할 수 있어야 합니다.

가족이라는 존재가 내 삶에 위협이 된다는 것을 느낄 때 가장 중요한 것은 자신을 '역할'이 아닌 '개인'으로 보는 시각을 갖는 것입니다.

사람은 소속감을 통해 느끼는 안정감이 크기 때문에 고통을 주는 가족이라도 쉽게 벗어나지 못합니다. 특히 우리나라는 아직 집단 문화, 가족주의가 건재한 곳입니다. 요즘 세대가 너무 개인주의적이라는 걱정이 많지만, 여러 지표들을 보면 우리는 아직 서구만큼의 개인으로 거듭나지 못하고 있습니다. 새롭게 사회에 진출하고 있는 젊은 세대들조차도 자신의 존재를 정의할 때 직장이나 집안의 구성원임을 먼저 의식합니다. 소속 집단을 먼저 생각하는 태도와 끈끈한 유대는 장점도 많지만, 개인을 불행하게 합니다.

가족주의 가치를 중요하게 여기는 미국에서는 1970년대가 되어서야 합의이혼이 법적으로 가능해졌습니다. 100년 전에 이미 100층짜리 빌딩이 올라가고 지하철이 다니던 나라에서, 서로 살기 싫다는 사람들이 이혼할 수 있게 된 게 1970년대 이후였던 것입니다. 여기에 얽힌 흥미로운 통계가 있습니다. 이혼이 가능해지면서 부부간 살인 사건이 현저하게 줄어든 것입니다. 죽여야만, 혹은 죽어야만 벗어날 수 있는 관계

속에서 희생하는 개인이 있었다는 의미입니다. 또 다른 통계에서는 이혼이 가능해지면서 결혼생활 만족도가 올라갔다는 결과도 보여주고 있습니다.

이제 너무 당연해진 '행복'과 그에 연결된 '개인'은 현대에 와서야 발명된 개념입니다. 혈연공동체를 벗어나서도 사람의 생존이 가능해지면서 비로소 '나'의 존재가 드러난 것입니다. 공동체가 나 자신보다도 우선순위인 세계에서 벗어난 우리는 이제 그 이전으로는 돌아갈 수 없게 되었습니다. 전 세대처럼 당연하게 공동체를 위해 봉사하고 그 자체가 생의 의미였던 전 세대와는 달리, 우리는 내가 행복하지 않으면 사는 의미도 없다고 느낍니다. 아마 전후세대인 사연자님의 어머니는 끝내 개인으로서의 존재를 의식하지 못할 것입니다.

같은 공간에서 서로 다른 세기를 살아가는 두 사람의 의식은 겹쳐질 수 없습니다. 하나로 합쳐질 수 있는 전혀 다른 세계를 사는 사람들이 서로 닿으려면 각자의 세계를 수용해 주어야만 합니다. 상대편에서 그럴 수 없다면 내 쪽에서 벗어날 수 있다고도 생각할 수 있어야 합니다. 그래야 개인으로서의 내가 살 수 있습니다. 때문에 가족 때문에 너무 힘들다고 생각하는 사람들이 가장 먼저 해야 할 일이 '계속 이런 일이 지속된다면 가족과 단절할 수도 있다'라고 생각을 바꾸는 일인 것입니다. 앞서 언급한 통계에서 이혼이 가능해지고 나서야 결혼 만족도가 올라간 것처럼, 혈연으로 맺어진 가족 관계도 끝을 의식할 수 있어야 더 깊어질 수 있습니다. 그렇다고 가족들이 마음에 들지 않을 때마다 절연하겠다고 선언할 필요는 없습니다. 그저 자신의 삶을 우선순위에 두고 심정적으로 독립적인 존재로 살면 그들도 자연스럽게 알게 됩니다.

'세상에서 가장 중요한 것은 나.'

'모든 최우선 순위는 나.'

이 두 가지 명제를 기억해 둔다면 가족 관계 안에서의 괴로움과 죄책감에서 서서히 벗어날 수 있을 것입니다.

그러나 자신을 최우선 순위에 놓는다고 해서 반드시 이기적일 필요는 없습니다. 가족을 위해 괴로워할 정도의 이타심이 있는 사람이라면 마냥 자신만을 위해 살 때 행복해질 수 없을 것이기 때문입니다. 자기 자신을 위해서라도 최소한의 도리는 하는 것이 좋습니다.

개인이라는 개념이 최근에 발명됐다는 것은 사람의 본능이 집단과 사회성을 바탕으로 하고 있다는 의미이기도 합니다. 타인을 희생시키고 자신만 이익을 얻는다고 마냥 행복을 느낄 수 있는 게 사람이 아닙니다. 반드시 소수의 이타적인 사람에게만 해당되는 말이 아닙니다. 일례로 아무리 흉악한 범죄자라고 해도 자신을 좋은 사람이라고 생각한다고 합니다. 고의적인 살인을 수차례 했어도 그것과는 별개로 자신은 좋은 사람이라고 여기는 것입니다. 그만큼 사람이 자기 존재를 버티기에. 사회나 집단에 기여하는 인물이라고 느끼는 것이 생각보다 필수적인 감정이라는 의미가 됩니다.

자신이 가족을 위해 할 수 있는 것 중 몇 가지를 정하고 그 것만큼은 나를 위해서 한다고 생각하면 좀 더 마음을 편하게 가질 수 있습니다. 그렇게 하면 이 상황을 통제하는 건 나를 힘들게 하는 가족이 아니라 나 자신이 됩니다.

가족 사이에서 상대방의 요구를 기준으로 무언가를 해 주는 건 아무리 쏟아부어도 한계가 없습니다. 그래서 내 기준으로 한계를 정하고 거기까지만 멈추어야 하는 것입니다. 그럴 때는 원망을 들으면서 지금까지 베풀었던 것까지 허사가 되는 것 같지만, 그것도 예상하고 의연할 수 있어야 합니다. 어차피 그들을 위해서가 아니라 나 자신을 위해 한 일이니까요.

가족은 존재의 근본이자 현재의 의미가 되기도 하는 사람들입니다. 때로는 쉽게 벗어던질 수 없는 짐이 되기도 하지만, 그런 가족의 한계를 넘을 때 더 큰 성장을 이루기도 합니다.

---

* 나쁜 가족이 짐이 될 때

1. 문학적 정형성으로 가족관계를 바라보고 무작정 희생하지 않기
2. 나 자신을 역할이 아닌 개인으로 인식하기
3. 모든 선택의 최우선 순위는 나임을 잊지 않기
4. 나 자신을 위해서 할 도리는 하기
   대신 베푸는 기준은 내 쪽에서 정할 것

아마도 인생에서
지워야 할 친구들

　제게는 20년도 더 된 친한 친구가 있습니다. 어릴 땐 안 그랬는데 최근 이 친구를 만나고 나면 마음이 불편할 때가 많습니다. 이게 좀 애매한데요, 가치관이라고 할 수 있는 부분에서 이질감이 느껴집니다. 대화를 나누다 보면 '저건 좀 아니지 않나?'라는 생각이 들 때가 많습니다.

　교통사고 날 때마다 일부러 필요 이상으로 고가의 과잉 치료를 받고 합의금으로 명품을 사거나 직장에서 육아휴직을 낼 때 회사와 동료에게 피해가 가는 방식으로 하거나... 그 외에도 불법이나 탈법은 아닌데 제 도덕적인 기준으로는 이해가 되지 않는 일을 자랑하듯 말합니다.

　각자 사는 방식과 가치가 다르니 누가 맞고 틀리다는 없다고 생각하면서도 공감을 해 주는 것까지는 저에게 무리입니다. 그런데 이런 저를 보고 그 친구는 공감 능력이 떨어진다면서 비난합니다.

이 친구에 맞춰서 공감해 주는 척이라도 하는 게 맞는 건지, 이렇게 안 맞는 친구라면 멀리하는 게 맞는 건지 혼란스럽습니다.

전에 대학생 독자에게 이런 질문을 받은 적이 있습니다.

"친구는 모든 면이 마음에 드는 사람과 하는 것인가요?"

당연히 저는 아니라고 말할 수밖에 없었습니다. 그런 사람은 세상에 존재하지 않으니까요. 친구란 오히려 사람의 여러 면 중에서 한두 가지가 마음에 들어서 가까워지는 관계입니다. 그 장점이 꽤 크고 나머지 단점들이 그다지 거슬리지 않을 때 친구 관계가 유지되는 것입니다. 그러다 보니 관계가 오래되면 서로 달라지는 가치관 속에서 내가 보는 상대의 모습도 달라집니다. 그럴 때 우리는 사연자님처럼 상대와의 관계를 어떻게 할지 고민하게 됩니다. 이럴 때마다 손쉽게 관계를 손절하면 얼마 안 가 관계에서 고립되게 됩니다. 그리고 고립은 좋지 않습니다. 사람이 독립적인 것과 고립되는 것은 다른데, 사람들과 함께하면서도 자신의 뜻대로 살 수 있는 사람이 독립적인 사람이며 이런 사람들이 삶의 질이 높습니다. 하지만 반드시 정리해야 할 관계는 있습니다.

어떤 사람이 나와 다른 것 같아 불편한 마음이 올라오고 그 감정을 어떻게 다루어야 할지 잘 모르겠다면 방향을 정할 수 있는 바로미터가 있습니다. 이런 질문을 스스로에게 해 보세요.

저 사람과 내가 함께 있는 걸 보고 사람들이 '역시 끼리끼리 어울리는구나'라고 할 때 나는 어떤 기분일까?

그 말을 듣고 기분이 나쁘고 몹시 억울해진다면 그런 사람과는 멀어지는 게 좋습니다. 어디 내놓아도 부끄러울 사람과는 친구가 되는 게 아닙니다.

사연 속 친구는 가치관이 다른 게 아니라 틀리다 볼 수 있습니다. 사실 일상인으로 살면서 결과적으로 타인에게 피해를 주는 일을 아예 피하기는 어렵습니다. 사연에서 예로 든 것과 흡사한 상황에서 되도록 자신에게 이득이 되는 쪽으로 유도하는 것도 흔한 일일 수 있습니다. 그러나 탈법이나 편법으로 이익을 본 걸 자랑하면서 그에 대한 공감까지 요구한다는 것이 일반적인 도덕관념은 아닙니다. 그와 어울리는 나 역시 비슷한 수준의 윤리적 허들을 가진 사람이라고 인정할 수 있을 때만 친구일 수 있습니다.

우선 도덕관념이 낮은 사람과 어울리게 되면 내 평판이 나빠집니다. 사람들과의 이해 충돌 지점이 자기 쪽으로 많이 기울어져 있는 사람은 반드시 가까운 사람들 사이에서도 문제를 일으킵니다. 친구가 동료들에게 최대치로 피해를 주는 방식으로 육아 휴직을 썼다면 회사에서 평판이 최악일 것입니다. 어떤 경로로든 그 직장 안의 누군가가 나의 인맥이 연결된다면 나는 내가 알지도 못하는 사이에 미래의 기회를 잃거나 제외 대상이 될 수도 있습니다. 이것은 제가 실제로도 적지 않게 목격하는 일입니다.

그 사람과 같은 사람으로 오해받는 일보다 더 무서운 일은 정말로 그 사람과 같은 사람이 되어가는 것입니다. 사람은 정말로 자신이 어울리는 사람들을 닮아가게 되어 있습니다. 사연 속 주인공이 윤리적인 면이 거슬려 마음이 불편한 것은 인지부조화 때문입니다. 자신의 본래 가치관과 비윤리적인 행동을 자랑스럽게 여기는 상대방의 태도가 상충하기 때문에 혼란을 느끼는데 진심을 마음껏 드러내지도 못합니다. 사람의 뇌는 이런 상태에 엄청난 스트레스를 받기 때문에 같은 일이 반복되다 보면 인식을 현상에 억지로라도 맞추게 됩니다. 다시 말해 그 친구와 상호작용이 길어질수록 점차 그 친구의 말이 맞는다고 생각하게 된다는 뜻입니다.

이와 같은 인지부조화를 해소하는 방식은 두 가지입니다. 친구와의 상호작용을 멈추어 현상을 바꾸거나, 친구의 도덕관에 동화되며 인식을 바꾸거나. 어느 쪽을 선택하는가는 온전히 개인의 몫입니다만 저라면 현상을 바꾸는 선택을 할 것입니다.

'걸러야 할 사람'을 이야기할 때 주기적으로 거론되는 태도 유형이 있습니다. 바로 '약자를 함부로 대하는 사람'입니다. 저는 이 필터는 언제고 유효하다고 생각합니다. 동물, 아이들, 서비스직 종사자들에게 다정한 사람이 무조건 좋은 사람일 리는 없지만, 이들에게 가혹한 태도를 보이는 사람들이 괜찮은 사람일 수는 없습니다. 남의 눈을 의식해 안 그런 척할 수도 있는 일이 아니냐 싶겠지만, 알고 보면 최소한의 눈치조차 보지 않는 사람들이 가장 무섭습니다. 같은 맥락에서 무리에서 소외되고 기가 약한 친구들을 편하다며 막 대하는 사람들은 내가 약자가 된 상황일 때 가장 잔혹할 수 있는 사람들입니다.

최근 학교폭력을 소재로 한 드라마를 보게 되었습니다. 거기서 가해자들이 성인이 되어서까지 함께 어울리는 상황이 묘사되는데 그것이 몹시 흥미로웠습니다. 그 구성원들이 모두 약자를 괴롭히는 성향인 사람들이니 그 안에서 다시 서열이 생깁니다. 그 서열을 인정함으로써 관계가 유지될 수 있는 것입니다. 그런 관계는 정글입니다. 약육강식과 배신으로 점철되는 친구 관계가 성립할 수 있는가가 의문이지만 약자에게 무심한 폭력을 배설하는 사람들에게는 그것이 가능한 일이 됩니다.

어떤 사람이 친구로서 좋으냐는 질문에 이렇게 대답하는 사람을 자주 봅니다.

"저한테 잘해주는 사람요."

어찌 보면 당연할 수도 있는 대답이지만 저는 이게 위험한 생각인 것으로 보입니다. 영화에서와는 달리 누군가에게 잔혹한 사람은 언제고 나한테도 잔혹할 수 있기 때문입니다.

특별히 악의가 없지만 실은 주변 사람들에게 가장 큰 악영향을 끼칠 수 있는 '선의의 악마'들이 있습니다. 바로 매사 부정적인 사람들입니다.

"이 불공평한 세상, 노력해도 소용없어."

"이 거지 같은 나라에서 태어나다니. 그냥 망해버리면 좋겠어."

"이건 이래서 안 되고, 저건 저래서 안 돼."

"저 사람은 이래서 싫고, 저 사람은 저래서 싫어."

아무리 천성이 착하더라도 세상을 부정적으로 보고 무엇이든 안 된다고 생각하는 사람들과 너무 가까이 지내면 정말 내 마음대로 되는 일이 없는 우울한 세상에서 살게 됩니다.

우리가 사는 세상은 온갖 요소들이 뒤죽박죽인 곳이라 어느 가치 하나로 정의될 수 없습니다. 세상은 냉정하기만 한 곳도, 꿈과 희망만이 가득한 곳도 아닙니다. 그래서 나 자신이 선택한 시선으로 세상을 바라보게 됩니다. 실은 이 시선이 삶의 질을 결정하는 것입니다.

우울은 예술하기에는 좋지만, 개인의 삶을 위해서는 되도록 적게 느끼면 좋을 감정입니다. 부정적인 사람들과 자주 소통을 하면 함께 있는 시간뿐 아니라 생활 전체에 우울과 부정이 스며들게 됩니다. 긍정의 감정은 의지로 애써 피워 올려야 간신히 유지되는 연약한 것이지만 부정적인 감정은 애쓰지 않아도 쉽게 전염되고 강해집니다. 때문에 주변 사람들이 모두 우울하고 부정적인데 혼자만 긍정적인 마음을 가진다는 건 아주 어렵습니다. 그래서 세상의 좋은 면들을 보려고 노력하는 사람들과 어울려야 하는 것입니다.

"나의 긍정으로 저 사람의 부정적인 성향을 덮고 싶어."

이런 결심만큼은 부정적인 입장에서 말리고 싶습니다.

만약 정말 소중한 누군가를 변화시키고 싶다면 일단은 물리적으로 그 사람을 멀리하면서 훨씬 강력한 긍정의 힘을 키워서 돌아오시면 됩니다. 그때 긍정의 힘으로 이룬 가시적인 것들을 가지고 오면 더 좋습니다. 경제적 안정, 원하던 직업, 건강 등 평범한 사람이 평범한 눈으로 보아도 좋은 것들이겠지요. 그것은 일종의 증거가 되어 상대에게 긍정을 설득하는 근거가 되며, 내 확신을 버티게 해 줄 지지대가 되어 주기도 합니다.

＊ 반드시 멀리해야 할 사람들

1. 같은 부류로 인식되는 게 싫은 도덕관념을 가진 사람
2. 약자에게 잔혹하게 구는 사람.
3. 부정적인 사람

여전히 관계가 어려운 당신을 위한 심리 에세이

남인숙의 어른수업

초판 1쇄 발행 2023년 12월 22일
초판 3쇄 발행 2024년 8월 8일

지은이 남인숙
펴낸이 남혜성
펴낸곳 리안북스
출판등록번호 제2022-000097호
주소 서울 마포구 독막로32안길 22, 102호
전화 010-2767-6471   **팩스** 0504-096-6471
이메일 rian.books23@gmail.com
ISBN 979-11-985696-0-8